在这个人人都争先恐后的时代

我坚信

只有守住自己

才能抵达理想的生活

守住

活出最好的自己

李菁 / 著

海南出版社
· 海口 ·

守 住 / 活 出 最 好 的 自 己

名家推荐

RECOMMEND

这是一本催人奋进的唤醒之书。我们都曾迷茫困顿，都曾跌落谷底，都曾有那种无力挣扎的艰难时刻。而李菁的文字，在柔软中带有力量，在质朴中带有深情，在细微之中可窥见功力，愿你在此书里，汲取到带领你前进的那一股势不可当的勇气和永不熄灭的微光！

——李思圆，畅销书作家，代表作《生活需要仪式感》

锁定目标，永葆初心，才能不偏离自己的赛道，拥有更精彩的人生。李菁在这个物欲横流的时代守住了初心，守住了底气，活成了一束光，相信她的新书《守住：活出最好的自己》会影响更多的人。

——张萌，时间效率管理专家、畅销书作家，
代表作《人生效率手册》

守住繁华的人，都曾在寂寞中活出了精华。
守住幸福的人，也都在苦难中为自己祝福。

——李尚龙，畅销书作家、考虫网联合创始人，
代表作《你只是看起来很努力》

没有谁的人生完美，但总有人过着你想要的生活。

——秋叶，知识型 IP 训练营创始人

我其实没见过李菁，但我认识她，她缓慢，安和，不疾不徐，静水深流……如同这世上一切宁静纯粹的事物一样，对美好有着最朴素的持重和坚守。我从不相信没有自律、自持和自洽的人能够有很好的自我建设，而李菁却把自己的人生活成了最佳范本。如何长成自己喜欢的样子呢？作家李菁的书里自有答案。

——青音，畅销书作家，
“金话筒奖”获得者、“青音约”创始人

想象自己是一棵植物，晒太阳，淋雨，风吹，让真正的我自由地长出来，不规定要成为什么人，不设限长成什么样。祝福一直在努力生长的李菁姑娘。

——祝羽捷，畅销书作家，代表作《时光不老，我们不散》

李菁是我非常好的朋友，看到她又出新书表示非常开心。她的文字是柔和而坚韧的，她本人也是如此。柔和在对于生活、人际，都抱有平和平常的心态，用艺术的美感去面对生活的无常。敢于放弃别人眼里的好工作，对周围人充满善意。坚韧在于，温柔却不失坚定，勇敢追求爱情，追求理想的生活。这本书里讲了很多李菁本人的励志故事，是一本真正意义上教人不偏不倚生活的好书。

——七芊，知名职场作家，代表作《选准赛道再奔跑》

守住，就是找到自己的原则，从而变得坚强，变得拥有拒绝诱惑的能力，从而开启属于自己的幸福人生。

——小川叔，职场作家，
代表作《努力，才配有未来》

只有顶得住喧哗的人才耐得住寂寞。李菁从热闹里往安静的方向走，我看见她的勇敢和执着。祝福。

——宁远，畅销书作家、生活美学家，
代表作《把时间浪费在美好的事物上》

李菁本身就是一个美好的女子，自律又努力，诚如这本书的书名一样，她守住心中的伊甸园，在那里，栽花种草，活出了最好的自己，活成了很多人羡慕的模样。真为她高兴。

——艾明雅，畅销书作家，代表作《嘿！三十岁》

做自媒体认识了李菁，这个美好的女孩子，她给人拍美照，写字出书，做公众号，开民宿，每一项都做得出色，她的最新励志随笔集，让人读后受益很深。

——小北，知名主播

做自己，把日子过成自己想要的样子，在李菁的故事里，可以遇见美好，遇见更好的自己。

——陈晓峰，慈怀读书会创始人

作者序

PREFACE

只有守住，才能拥有

2016 年的 9 月，也就是三年前，26 岁的我的生活状况还是一团糟：

第一，我因为渴望成为一名自由写作者，而辞去大学老师的工作，因此失去了稳定的收入来源，对未来要从事的职业也根本不确定。

第二，我出生于小镇，父母都是很普通的工薪阶层，供我读艺术类的大学已经倾尽全力。读研阶段，我作为交换生去台湾研修了半年，借了一大笔助学贷款，这些欠款仿佛石头压在身上，每月零存款，外加负债累累。

第三，因为长期不健康的生活方式，我的体重一度飙升到 142 斤。抵抗力很差，经常咳嗽，一咳就是几个月，身心状态都处于低谷。

第四，遇不到那个对的人，一路跌跌撞撞，内心深处很孤独……

总之，很丧。

可是三年后，2019 年的 9月，也就是这本书完稿的时间，29 岁的我已经拥有了比较理想的生活：

第一，我以每年一本书的速度，陆续出版了三本图书，用文字影响到了更多的人，拥有了越来越多支持我的读者。

第二，我的摄影风格逐渐得到了更多人的认可与喜欢，累计给几百名女性拍过写真。开设了“网络摄影梦想课堂”，给超过 10 万名学员上过线上摄影课。并且我还在老家湘西浦市古镇开了一家名为“遇见美宿”的特色民宿。多重身份让我有了多渠道收入，我不仅还清了所有助学贷款，还实现了财富的相对自由。

第三，我开始拥有健康的生活方式。用坚持合理运动与健康饮食的方法减掉了 36 斤，现在我的体重一直保持在 106 斤，没有反弹，抵抗力也随之变强了，很少再感冒、咳嗽。现在走出去，几乎所有以前认识我的人都会问道：“你怎么变得这样瘦了？整个人都焕发着光彩。”

第四，我嫁给了灵魂伴侣闫凌，他是环球旅行家，用 8 年时间独自去了世界上 100 个国家。我们有相同的“三观”，相同的生活理想。他是北京人，却为我放弃了大城市的优越生活，我们一起在我的家乡，一座千年古镇过诗意的慢生活。他陪着我一起打理民宿，每年我们会设计 1~2 次出国旅行的计划。

现在的我，每天都过得很幸福，充满了向美而生的能量。每天清晨起来，拉开窗帘，打开窗户，呼吸着新鲜的空气，我都会情不自禁地嘴角上扬，内心有一个声音说：“美好的一天已开始。”

也许你们会惊叹：为什么短短三年时间，你的人生可以发生如此神奇的变化？你为何能活出最好的自己？

其实，我只做对了一件事情，就是守住。在这个物欲横流的时代诱惑太多，人生路途中的滩涂太多，许多人在前行的时候会或多或少受到外界的影响，他们变得焦虑、迷茫、痛苦，渐渐失去自我。

其实过好此生的奥秘在于：只有守住，才能拥有。守住专注力，你才会获得持续行动的原动力；守住自控力，你才有掌控自己人生的能力；守住幸福力，你才会拥有美满的婚姻。

在《守住：做最好的自己》这本书中，我会分享一些自己总结出来的经验，希望对你有所帮助。

一、守住专注力

在这个互联网时代，我们每天都被大量信息覆盖，这些资讯风暴渗透进你生活的每一个缝隙，让你陷入一种低效、焦虑、不安的怪圈中。因此，守住专注力变得越来越宝贵。

专注力是你追求理想生活的内在基石，把注意力放在你真正热爱的事情上，你的潜能才会被无限大地激发出来。你关注什么，就会决定你是谁，你会拥有怎样的生活面貌，以及实现怎样的生命价值。

1. 清晰的人生愿景

说到“愿景”，也许你会觉得那是社会卓越人士的专属名词，根本无法与普通人联系起来。其实不是，其属于每一个普通人。

人生愿景是一个人对自我天生属性的寻找与实现。每个人都有与生俱来的天赋，有些人在年纪轻轻的时候就找到了，目标感成就了他的一生，而有些人终其一生都没有找到它的踪迹，每一天都过得浑浑噩噩，得过且过。

人生愿景首先是帮助自己找到度过此生的意义，其次是连接他人。就是你做的这件事是对别人有帮助的，你明确地知道自己想帮助的是哪个群体。

你的人生愿景是什么?

我向身边许多朋友提出过这个问题。一位医生告诉我，他想帮助更多患者，让他们重获健康；一位中学教师告诉我，她想帮助更多学生树立人生的方向，培养更多优秀人才；一位摄影师告诉我，她想用镜头记录下一个古镇的变迁；一位公益书屋的创始人告诉我，她想让更多的孩子有书可看……

我发现一个现象，越是优秀的人，越知道自己的人生愿景；越是把日子过得一团糟的人，越不清楚自己究竟在追寻什么。

愿景源自你的兴趣所在，我们大多数人都不会在年少的时候就找到它，而是随着时间的累积慢慢找到，这需要一个寻找的过程。

如果三年前你问我，我的愿景是什么？我也会一脸茫然，但是现在我会坚定地告诉你，我的人生愿景是写出更多有正能量的书，成为一个能为他人赋能的人，并且随着年龄的增长，越来越有社会价值。

2. 适合自己的工作

人活在这个世界上除了睡觉，醒着的时候有一半的时间都在工作，由此可以看出工作对于一个人来说有多重要。许多人理想中的工作用一句话概括就是："钱多事少离家近，睡觉睡到自然醒；位高权重责任轻，薪水领到手抽筋。"然而现实总让人无力，我们听到身边有很多人都在抱怨自己的工作：996好辛苦，每天熬夜加班，还要担心经济不景气的时候被裁员……抱怨太多了。

这个世界上根本没有完美的工作，我们要努力找到的是适合自己的工作。

对自身优势的认知与定位，是成就一切事业的基础。

你要找到符合自身天性的工作，才能激发你无限的潜能。找准"航道"再出发，这个"航道"就是你的天赋所在。

我毕业之后的第一份工作是一名大学老师，我做得并不开心，因为我性格温和，没有气场，学生都不怕我，上课总爱迟到。我从小性格就很内向，不善于言谈，有时一紧张还会结巴，我对自己的教学状态也并不满意。那一年，我的工作成绩平平，有一位教学督导对我说，“你骨子里是内秀的，并不适合站在讲台上，而是适合坐在书房里工作”。

他一语中的。

辞职之后我回到家乡自由写作，除了写书之外，还给很多女性拍摄写真，开设了线上摄影班，并在家乡打造了一家网红民宿。仔细想一下，这几件事情都是我的天赋所在，就是把一切美的事物用自己的方式呈现出来。

很多人说我这几年的进步可以说是飞速，其实是因为我找准了自己的赛道，激发出了无限的潜能。我现在每天清晨 5 点 40 分就起来看书、写作，叫醒我的不是闹钟，而是我热爱的工作。

如果你现在做的这份工作是违背你天性的，那就要重新寻找一份适合你的工作。一份工作适不适合你是很好区分的，关键是“舒服”。这与你找伴侣是同样的道理，如果你找到的另一半是适合你的，你会觉得相处不累，怎样都很舒服、自在，并且会发自内心地感到快乐。

3. 人的差别在于业余时间

也许你会说，在这个单位我已经做了很多年，有了薪资、人脉、社会身份等方面的积累，不可能说辞职就辞职。如果你的情况是这样，我还有一个建议可以给你，就是在工作之余去做自己感兴趣的事情。

哈佛有一个著名的理论：人的差别在于业余时间，而一个人的命运决定于晚上 8 点到 10 点之间。

在我的手机摄影班有一个叫小雯的 90 后学员，有一次她在微信上发语音给我，我一听她的声音，感觉特别舒服，忍不住夸赞了她的声音真好听。她就特别兴奋地告诉我，她前段时间在网上跟一位主持人老师学习声音课程。真的，你能从她的声音里听出一种蜕变后的喜悦。她说准备跟我学完手机摄影后再去学习写字与形体。

很多人一定以为小雯是一个单身、有时间的年轻人。她说她已经是一位妈妈，宝宝刚十个月。我以为她是全职妈妈，才有这么多时间去学自己感兴趣的知识，她的回答让我很惊讶，原来她是甘肃一名基层公务员，每天朝九晚五工作。“妈妈”和“公务员”这两个身份，都没有妨碍她在努力工作之余寻求另一种生活方式，在不同身份之间实现平衡，且互不干扰。

我非常喜欢并欣赏这样的女性，她们永远都不放弃自我的提升，必定也会因此拥有更理想的生活状态。

如果现在的你也做着一份平平淡淡的工作，它无法带给你更多的热情，那你就把业余时间拿去做自己感兴趣的事情吧。你要相信，你的每一次看似微小的进步都会助力你迈出人生的一大步。

4. 让自己更值钱，才能赚更多的钱

2015 年夏天，我研究生毕业，零存款，身上还背负着一大笔助学金欠款，这对于一个刚离开校园的女孩来说确实有很大

的压力。但是我用 4 年的时间不仅还掉了六位数的债务，还实现了财务的相对自由，没有车贷、房贷，有固定存款，喜欢什么就可以毫不犹豫地买下来，出国旅行不再是梦想，并且可以带给家人更好的生活。

赚钱是一个人最基本的能力。金钱本身并不特别，特别的是它能给我们更为自由的生活，让我们在物质与精神上都独立，妥帖地保护好自己，能给予我们去过理想生活的底气。让自己更值钱，才能赚更多的钱。以下几种思维价值百万，如果你能掌握，相信不久之后，你也会变得很富有。

让自己更值钱的几种思维。

投资自己

在为自己投资方面我做到了以下三点。

第一点是阅读。我一直都是一个爱书如命的人，每个月买书算下来得花费好几千，我买书都不是一本一本买回来，而是一箱一箱买回来，家中藏书快两万册了。因为我的工作是写书，写书是一件输出的事情，需要我通过阅读大量输入。阅读不仅能增长我的知识，还改变了我的思维模式与行为模式，让我拥有了更多过好此生的智慧。

在这个世界，顶尖的富人没有一位不爱阅读，股神巴菲特有一次被别人问到成功的秘诀是什么，他指着身边的一堆书，回答道，“每天读 500 页书”。他现在已经快 90 岁了，事务繁忙，但是每天依然用 80% 的时间阅读。

第二点是升级专业设备。虽然我的人生愿景是写作，但是在我还没有成为一名百万畅销书作家的时候，写作是无法给我带来更多收入的。我现在的主要收入来源是在网络上给全国各地的学员教授摄影课，给客人拍摄写真。为了让自己拍出更多好作品，我不断给自己购入昂贵的机身与镜头。虽然说拍摄最重要的是镜头背后的眼睛与内心，但是不得不承认，好的器材能迅速提升画面质感。我的第一部单反相机是去台湾研修时，一个网站给我资助的，后来我用自己挣来的钱买了佳能全画幅相机，配置了很多高端镜头，最近又买了一部昂贵的徕卡相机。我一直认为，买器材是对理想的投资。我的摄影技术每一天都在进步，第一本摄影文字集《向美而生》得到了很多人的喜欢，因为有市场，出版社今年又与我签约了第二本摄影文字集。

第三点是学习线上课程。现在是互联网时代，学习知识的途径变得越来越多，成本越来越低，也越来越便利。我每个月都会报一些线上课程，提升自己各方面的能力。最近我在学习声音美学、演讲、个人品牌打造、社群变现等课程，线上学习节省了大量时间。想要让自己增值，就必须让自己拥有更大的核心竞争力，时常给自己充电，保持知识系统的不断更新与迭代。比成功更重要的是自我成长。

因为我生活在小镇，所以只能通过线上学习去充实自己。生活在大城市的朋友，可以参加很多线下的培训与课程。

富有的人都懂得自我提升的重要性。巴菲特说过，世界上最好的投资，就是投资自己，因为没有人能拿走你脑中的东西。

顺势而为

2012年8月23日，微信公众平台正式上线，我从2013年开始做公众号直到现在，6年过去了，没有停止更新过一天，从零粉丝到现在积累了10万读者。

2016年，各类付费知识产品在互联网上兴起，主要是面向个人的知识产品与服务。也正是那一年，我果断地辞去体制内的工作，扎根于“知识付费”领域，在互联网上开设“摄影梦想课堂”，3年过去了，摄影公开课听课学员达10万人，个人付费学员超过3000人。越来越多的人知道我是摄影美学导师，跟着我学习摄影的学员也越来越多，我用美文、美图成功打造了个人IP，实现了知识变现。

2016年7月，我在千聊开设“吧啦创想课堂”，每周邀请一位行业大咖来做免费分享，平台的关注量不断上涨。我曾邀请过作家安意如、李尚龙等100多位老师来做分享，跨领域、跨行业，会员们学习热情高涨，几十万人从中受益。

2017年，民宿行业在国内兴起，最知名的要属莫干山旅游休闲观光区一带，汇集了大量名声在外的民宿。民宿不仅是一种旅游方式，更是一种生活态度。同年，我决定在家乡湘西浦市古镇开一家中高端民宿。

2018年，我精心打造的民宿“遇见美宿”正式开业。因为浦市古镇刚被评为4A级景区，观光游客并不多。“遇见美宿”是浦市第一家民宿，很多人表示担忧。但是我用文字、摄影与自媒体推广的优势让“遇见美宿”迅速成为湘西的高人气民宿，

CLUB
Fort
フラッシュ
101
ミナミの店舗のことなら
富士商行
06-6213-3777
KollaBo
炭火焼肉
韓国料理
NIPPO

吸引了北上广深大批有审美、有文化底蕴的知识女性入住。旺季时常常是一房难求，需要提前一个月订房。“遇见美宿”不仅让更多人知道了我的故事与作品，也带动了浦市旅游业的发展。

由此可见，一个人想要有所成就，一定要了解社会的趋势，找到适合自己的着力点顺势而为。

利他思维

利他思维是很重要的，能体现一个人内在的格局。

写文章需要有利他思维，不像写日记，自说自话，而是你要想到读者通过这篇文章能学到什么。同样，我们在为人处世方面也要有利他思维，这样才能成为一个有社会价值的人。

比如我在网络上开创“吧啦创想课堂”，3年中，我们邀请过行业大咖来做线上分享，所有课程都是免费的，我们没有赚取一分利润，甚至还倒贴钱。

坚持去做“吧啦创想课堂”，表面上看起来我在经济上亏了一些，但是我帮助到了更多人，无数读者告诉我，他们每周都习惯听创想课堂的分享，收获了许多知识，言辞间表达着对我们平台的感激，这是一笔无形的财富。

同时我自己也从中收获了很多，我建立了一个稳固的社群，当我开设课程，或者出书的时候，这个社群里的会员都会来支持我，他们相信我是带着能量的，每个人都渴望与自带光芒的人结伴前行。我通过这个平台结识了各行业的大咖，与这些大咖有了更进一步的连接，他们会把自身拥有的一些行业资源分享给我。

一个人处处为他人着想、让利给他人，为这个社会做贡献，他会变得越来越富有。

二、守住自控力

人与人之间的差距，会在自控力上体现出来。

拥有自控力的人，总是很自律，意志力强，这一类人能够掌控自己的时间、身体、事业以及生活。没有自控力的人，生活得非常散漫，什么事都会拖延，不停为自己找借口，意志力薄弱，这一类人总是得过且过，生活一团糟，不会有太大的提升。

我们要有自控力，因为只有它才能启动我们意志力的开关，使我们抵御内心过度的欲望，不向诱惑屈服，真正成为自己的主人，掌控人生。

自律，能带给你自由。

1. 拥有健康的身体，是一切美好的前提

据调查，58% 的 60 岁老人心里最后悔的事情就是曾经对自己的身体不重视，以至于如今身体糟糕，病魔缠身，年轻时拿身体换钱，现在必须拿钱换身体。

不要说是 60 岁的老人，如果你现在问我最后悔的事情是什么，我一定会回答，二十几岁的时候对身体的不重视。

2016 年，我的体重是 142 斤，整个人胖到连我母亲都认

不出来了。经常生病，抵抗力低下，经常感冒、发烧、咳嗽，每次一咳嗽就是几个月，咳到说不出话来。

我一直没有意识到健康的重要性，真正让我决定彻底改变生活方式的是我经历了一次濒死感。有一次我去外地出差，晚上一个人住在酒店，半夜突然心慌、心跳加速、双手发抖，我被 120 急救车送到了附近的医院。回来之后，我有近半年的时间处于身体的崩溃期，每天晚上睡觉胸口发热、双手发热、严重失眠、心悸，白天根本就不能看书，看字都是模糊的，经常会耳鸣。那段日子我不敢一个人睡觉，不敢一个人走路，身心都处于一种脆弱、敏感的状态。

去医院做检查，我发现自己患的是颈椎病，又去看了中医，医生说我心、脾两虚。我检讨着自己曾经对于身体的漠视：伏案写作，久坐不动；十年如一日的熬夜，差不多每晚睡觉时已是凌晨两点；长期在外面吃饭，晚上偶尔会吃夜宵，喜欢吃甜食；从不运动，连路都很少走……

我一直相信一句话，当上帝想送给你一件礼物之前，会先变成魔鬼来考验你。我安慰自己，幸好自己在 27 岁这年身体垮下来，让我很早便有了改变自己生活方式的决心。

我只用了短短 3 年的时间，就真的遇见了那个完全不一样的自己：我成功瘦身 36 斤，不再失眠、心悸，很少再感冒、发烧、咳嗽，整个人的精神状态都焕然一新了。只要你去改变，从现在开始，都不算晚。

也许，有些人与之前的我一样，拥有不健康的生活方式却不自知，不愿去改变。我知道许多年轻人心里想的是，反正我还年轻，疾病不会找上我的，曾经的我也存着这样的心理。但是我们不能抱着侥幸的心态，因为在我们身边，年轻人因为不注重健康导致猝死的新闻比比皆是。

如果你想拥有更健康的身体，那就从此刻开始改变吧。

2. 早睡早起，不再熬夜

我的爱人闫闫也有坚持早睡的习惯，我们现在基本上每天晚上 10 点 30 分就上床睡觉，不再熬夜。早上我会 5 点 40 分起来看书、写作、做早餐。中午我们都会睡半个小时午觉。

早睡这个习惯我们现在雷打不动，有一次一个电视台的编导邀请我们去做节目，我们的唯一条件就是不能熬夜录制，如果要熬夜，我们宁愿放弃这次机会。对于我们来说，健康比事业更重要。

3. 找到适合自己的运动方式，坚持下去

每个人的身体状况不一样，适合的运动方式也会不一样。

减肥主要是减脂肪，保持瘦体重，瘦体重里面最被大家所关注的是肌肉。减脂的运动方式有三种：持续性有氧运动、高强度间歇运动、力量训练。

因为我的身体比较虚弱，所以最适合我的减脂方式是持续性有氧运动，如步行、快走、慢跑、游泳、骑自行车、跳健身操、

做瑜伽、跳绳、打羽毛球……因为我之前做瑜伽把右腿膝盖韧带拉伤，还没有完全恢复，所以我目前坚持每天晚上在跑步机上快走 40 分钟。

4. 健康饮食，自律才能带给你自由

健康的瘦身饮食法应该是高蛋白、低脂肪、低添加糖的饮食结构。如何搭配合理的饮食结构，我在第 3 章将详细呈现。

作为湖南妹子，我从小就很能吃辣，但是我有慢性扁桃体炎，不能吃刺激性的食物，所以现在连辣椒都不吃了。

我相信只有自律才能带给我自由，因为我看着自己一点点瘦下来，一天天健康起来，整个人的精神面貌都不一样了。

三、守住幸福力

幸福力，顾名思义就是获得幸福的能力和给予幸福的能力。我们最关注的莫过于婚姻幸福力，因为女人一旦拥有这种能力，不管嫁给谁都会很幸福。

我们不应把幸福寄托在伴侣身上，而应该把握在自己的手中。现代婚姻的维持靠的是良好的亲密关系，一个拥有高情商，懂得给予伴侣更多关注、包容与正能量的女人，她的婚姻才会美满。

1. 为你的灵魂伴侣画像

我在 27 岁的时候还是单身，在我们小镇，这个年龄的女人都已经当妈妈了。我的父母很心急，给我安排相亲对象，但是我从不答应，因为我知道陪我度过一生的是怎样一个人。

奇迹就发生在 2017 年的 9 月 6 日。那个在我心中构想了无数遍的完美伴侣真的出现了，他就是我现在的爱人闫凌。因为一个读者牵线，我们通过微信相识了，我几乎只用 5 分钟就确定了他就是那个陪我走完一生的伴侣。他也在 3 天后告诉我，我是他等了很久的人。

他是环球旅行家，在 8 年内独自旅行过世界 100 个国家。他是北京人，却愿意为了我放弃大城市优越的生活，来小镇陪我过清净自在的恬静日子。

2018 年 9 月 15 日，我们在我的家乡浦市古镇举办了盛大的中式婚礼，现在在古镇过着特别幸福的生活。

很多人问过我，你是怎么用 5 分钟就确定闫凌是你的灵魂伴侣？其实答案很简单，在遇到他之前，我已经把自己梦想中的伴侣写下来了，我相信这个世界有吸引力法则，那个微信名叫作“天使”的好友把我梦想中的伴侣带到了我的身边，所以我很勇敢地抓住了爱情，因为我知道对的那个人可遇不可求，出现了就要尽自己百分之百的真心去争取。

2. 你想拥有什么样的伴侣，就先成为那样的伴侣

几乎每一个人都渴望有个能够与自己相伴一生的灵魂伴

侣。但是现实大多是，我们总是遇不到那个对的人，在感情的路上跌跌撞撞，哪怕走进了婚姻的殿堂，也会因为种种矛盾导致感情不和，甚至走到离婚的地步。

你会发现在我们身边，离婚的家庭越来越多，幸福的伴侣屈指可数。

其实拥有爱情的密码是：你想拥有什么样的伴侣，就先成为那样的伴侣。

比如我想让老公有赚钱的能力，让我们有经济保障，那我首先让自己成为一个经济独立、能独当一面的妻子。比如我想让老公脾气好，不会发生争吵，那我首先让自己成为一个温柔的妻子，每当我们意见不合的时候，我都会撒娇地说，“你长得那么帅，说的都对”。其实家庭里不需要争道理，和和气气才好。比如我想让老公运动起来，拥有健康的身体，那我首先让自己坚持在跑步机上运动，当我瘦下来，更健康的时候，他也会受到鼓舞，两个人一起运动……

当你变得更好、更优秀的时候，你会发现你也在影响着另一半，让他成为一个懂得爱、懂得进取的人。

3. 每天都要有相互交流的时间

我们现在生活在小镇，过着像童话世界里一样美好的慢生活。小镇很偏僻，没有闹市里的繁华，但是我们能呼吸到新鲜的空气。夏天的夜晚走在路上可以看到萤火虫，抬头可以看到满天繁星，睡觉的时候可以听到窗外有不计其数的青蛙清唱合奏。

我们的新家旁边就是百亩荷塘，每天打开窗就可以看见荷花盛开，亭亭净植，心情也因此变得特别好。我们每天晚饭后就会一起在沅江边散步，边走边聊天，这就是我们彼此沟通的时间，不觉得有任何枯燥、无聊，我们好像永远都有说不完的话。

我们找另一半，其实不就是找一个可以讲一辈子话的人吗？如果两个人走在一起连一句话都说不了，各自低头看手机，

那就是一件特别可悲的事情了。

想要维持好自己的婚姻，需要智慧，也需要你强大的内心。

此刻，我过上了理想的生活，在自己深爱的故乡，与心爱的伴侣一起做着彼此都热爱的事情，每一天都被和煦的光笼罩着，心有所向并且充满喜悦地活着。我之所以能拥有这美好的一切，只因守住了初心、底气以及获取幸福的能力。

《守住：活出最好的自己》这本书，我写了3年。在书写的过程中，我始终怀着赤诚之心，试图通过自己的人生经历来分享一些带着正能量的认知与方法，希望这本书会影响更多心怀梦想、不放弃自我成长的人。

畅销书作家武志红曾在书中写过，我们的生命之旅有三个阶段：

第一个阶段，活在花园中，和美好的环境幸福地融为一体。

第二个阶段，被放逐在沙漠里，每个人的一生都一定会经历被放逐，但这不完全是坏事，因为人在放逐中会学到很多生存技巧。

第三个阶段，越发感受到要回到花园的使命感，内心深处有一个声音一直在召唤你。

如果此刻的你正处于第二个阶段，被放逐在沙漠里，时常被焦虑、烦躁、自卑、悲伤等消极情绪困扰，那么当你阅读《守住：活出最好的自己》这本书时，你会听到内心深处召唤你的声音，你或许会找到穿过黑暗的那缕微光，它会指引你，一路带着希望前行。

阅读这本书之前，你可以先在心里回答自己几个问题：

你的人生愿景是什么？

你最热爱的事情是什么？

你赚钱的能力有哪些？

你最渴望的伴侣是怎样的？

你愿意为自己塑造一个健康的身体吗？

你会在阅读这本书的过程中，找到这些问题的答案。

人的一生很短，我们一定要忠于内心，你会发现你的人生有无限可能。

祝福你能够拥有理想的生活，拥抱那个最好的自己。

李菁写于菁凌居
2019 年 9 月 26 日

目录

CONTENTS

1 CHAPTER 守住 热爱

做对这件事，你的人生能胜过 90%的人

2

CHAPTER

守住 底气

精神独立，才能活得底气十足

3 CHAPTER 守住 喜悦
灵魂伴侣不是找来的，是吸引来的

1

CHAPTER

守住 热爱

做对这件事，你的人生能胜过 90%的人

我曾问过一位著名的画家："您人生中的贵人一定很多吧？"他回答得很坚定，人生中真正的贵人其实是自己。

上帝在送给你礼物之前，会先变成魔鬼来考验你

在生活面前，真的人人平等吗？

我们总会感叹为何别人美貌超群，自己却相貌平平？

为何别人身体健康，自己却疾病缠身？

为何别人平步青云，自己却七零八落？

为何别人婚姻甜蜜，自己的感情却一波三折？

……

我们总是无法接纳不完美的自己，陷在深深的自卑、失落、抑郁、痛苦的深渊里，挣扎着、沉沦着，不可自拔。

其实每一道疼痛背后都藏着生活的智慧，如果你学着去接纳自己的不完美，你会发现，生活对我们都是平等的。

接纳自己普通的外貌

小学六年级，由于我每天晚上躲在被窝里用手电筒看课外书，最终导致眼睛近视，从此我成了“小四眼”。这让我一度陷在自卑的怪圈里，觉得自己戴上了眼镜，就是最不起眼的“丑小鸭”。

读大学时，突然流行戴隐形眼镜，我第一时间去眼镜店配了半年抛的隐形眼镜。第一次医生帮我戴了进去，但当天晚上当我试图用手指将薄薄的眼镜片从眼睛里取出来时，却总不成功。最后还是宿舍里的七个姐妹使尽浑身解数才帮我把眼镜片取出来。这个小插曲没有影响我对隐形眼镜的喜爱，因为我认为，它是能让我变美的武器。因为爱美，出门时我总会把框架眼镜收起来，戴上隐形眼镜。

这样一戴，就是十年。

2017 年秋天，我时常觉得眼睛不适，去医院检查，医生说我患了结膜炎，最好不要再戴隐形眼镜。天知道，我听到这句话时内心有多沮丧。这就意味着不管我出席什么场合，丑丑的框架眼镜都得伴随我左右了。

12 月中旬，我去一家书店做新书分享会。那天早晨我在家里洗完脸之后，试图戴隐形眼镜，可是眼瞳似乎拒绝它的靠近，只要一接近，眼睛就会感到一阵刺痛。我对着镜子，重新戴起了框架眼镜，并对镜子里的自己说：“大家都是为了你的内在而来，不管你戴不戴框架眼镜，读者们都是喜欢你的。”我一遍遍地在心里鼓励自己，然后给了自己一个大大的微笑。

那天下午，我戴着眼镜站在了聚光灯下，这确实是我第一次戴框架眼镜参加公开活动。神奇的是，当我一遍遍告诉自己最美时，勇气倍增。我自信满满地与台下的读者们分享我的成长历程。他们目不转睛地望着我，专注地聆听我的故事，没有一个人留意我今天是否戴了眼镜。分享会结束以后，一个读者朋友抱着一捧花来找我，她说："今天的你，真美。"

原来，一直是我自己迈不过心里那道坎，当我勇敢接纳并不美丽的自己时，自己已然美丽了。

接纳自己疼痛的身体

因为长期伏案写作，我在 2017 年秋天患了颈椎病，腰椎间盘突出严重。这让我时常陷入一种懊恼与痛苦之中，27 岁的身体竟似垂垂老矣的耄耋之人。

颈椎病会引发心跳加速、手脚发麻，很多个夜晚我都在与失眠作斗争。有一次去做肩颈的调理，一个同样患有颈椎病的女人说，她因为这个病已经有 4 年没有睡过一个好觉了，每天都是睁着眼睛到天明。

这确实吓到我了，我害怕我会成为第二个她。

很长一段时间，我都快乐不起来，总是一副惨兮兮的样子，不展笑颜。身体时刻在发出疼痛的信号，颈椎、腰、小腹……一起向我攻击，我只感觉到一个字：疼。后来我甚至央求母亲去寺庙给我拜佛、烧香，我觉得自己撞了邪了。

母亲并没有去寺庙，而是在天气晴好的时候，带我去田野沐浴阳光。走在路上，她牵着我的手说，病痛并不可怕，你要接纳它，与自己的身体和解，一切都会好起来的。

母亲给我讲述了很多故事。小镇里的张大爷七年前患上了癌症，但是他没有被病魔吓倒，每天去山野散步、自己种菜，注意饮食，保持锻炼，每天用热水擦身子……现在的张大爷并没有因为癌症失去生命，反而整个人的精气神更好了。这样的例子母亲给我讲了许多。

母亲用自己无私的爱指引着我远离病痛带来的苦闷，让我渐渐展开了笑颜。

我开始接纳自己疼痛的身体。

每天在颈椎与腰椎贴膏药贴，缓解痛感。

隔几天去做一次盲人按摩，疏通经络。

晚上如果颈椎病发作睡不着，我会在心里默默告诉自己，不要害怕，爱在心内。

睡前我会在椭圆形的热水袋里灌满热水，将热水袋枕在颈椎下方，热敷缓解了身体的不适，我很快进入了梦乡。

……

为了治好这个病，我开始调整生活习惯。

以前我读书、写作，只要入了迷可以连续几个小时不离开书桌，现在我会尽量站着看书，并来回在书房踱步。

有意识地减少写作时间。每伏案工作一个小时，我就会起身做颈椎操、八段锦、腰椎操。

生活习惯一调整，日子渐渐慢下来，我能感觉自己的身体在一天天好转。

我终于懂得慢下来的意义。我愿意走得慢一些、稳一些，这样幸福才会久一些、多一些。

接纳自己疼痛的身体，才会让身体一点点远离身心的痛苦，才会更接近快乐。

人生是一场马拉松，如果我们一直用冲刺的速度去跑长跑，能量很快会耗尽，甚至会摔倒。在人生的马拉松跑道上，我们只有匀速奔跑，才能保持旺盛的体力，才会抵达光芒万丈的终点。

接纳任何的变故

我有一个读者朋友，曾向我倾诉她的痛苦。她的父亲喜欢赌博、酗酒，然后对其母亲实施家庭暴力。在她 15 岁那年，她的母亲受不了这样的折磨，离家出走，再也没有回来过。她的父亲前年因为酒精中毒死亡，留给她的除了失去亲人的悲恸，还有父亲欠下的一百万外债。25 岁的她觉得自己仿佛被这个世界遗弃了，每天以泪洗面，巨大的经济压力让她喘不过气来。不久之后，她患上了严重的抑郁症，总想结束自己的生命。

她问我应该怎么办？

我给她讲述了我爱人闫凌的故事。

闫凌的父亲是大企业的老板，小时候的他过着非常优越的生活，家中有专职司机。可是生命无常，在他 14 岁那年，父亲因为一次车祸去世了，从此他不再是“富家少爷”，生活一下子从天堂跌回人间。他与当老师的母亲相依为命，过着非常普通的生活。那时的他一直催眠自己，父亲只是去国外出差了，不久之后就会回来。两年后，他才醒悟过来，父亲离开了这个世界，再也回不来了。他躲在被窝里哭了很多次，可是理智告诉他，以后他要像男子汉一样撑起这个家，照顾好母亲。

2009 年的元旦，生活又给了他一次重击。几天之内，他的母亲和奶奶在不同的城市相继因病去世，她们是闫凌最亲、最爱的人，也是他仅剩的唯一直系亲属。她们的离世对他的打击不言自明，他在悲伤中开始思索自己的未来。他决定赌一把，试着换一种活法，给人生更多可能性。于是，他辞掉了高薪的工作，开始了国外游历之旅。

从 2009 年第一次出国旅行开始，到 2017 年秋天，8 年时间，他独自去往世界的角落，足迹遍布世界 2/3 的区域。在路上，有美丽自然有惊险，他曾有过好几次命悬一线的经历，如被野生犀牛追赶、被激流冲走、乘坐飞机遭遇雷暴等。

行万里路开阔了他的视野、打开了他的格局，让他不管遭遇怎样的艰难险阻都有了一颗积极应对的平常心，学会了笑对人生。

闫凌没有因为自己破碎的家庭而陷入绝望，他学着与自己的人生遭遇和解。经历过几次命悬一线之后，他更懂得活着的珍贵。他时常对我说，除了生死无大事，没有什么坎是过不去的。

他就是这样生活的，乐观开朗、笑容满面，用积极的心态去面对人生的每一天，没有人能看出来他曾受过那样的命运重创。

当我讲完闫凌的故事后，那位女读者似乎找到了莫大的力量，非常振奋地告诉我，她会接纳自己破碎的家庭，积极地面对每一天。

几个月后，我又收到了她的留言，她说自己找到了一份工作，努力赚钱，争取早一点还清父亲的欠款。她还遇到了一个爱她的男人，愿意陪着她一起共渡难关，一起组建一个幸福的家庭。她告诉我，现在抑郁的阴影已经慢慢消散了，她每天想的就是如何珍惜每一个美好的当下、如何过好每一天，因为美好的未来触手可及。

幸与不幸之间，取决于心态。用积极、乐观的心态去面对，幸福的人会更幸福；用消极、懈怠的心态去面对，不幸的人会更不幸。

哈佛医学院临床心理学家克里斯托弗·肯·杰默博士说过：“*人生中大多数的痛苦不是别人给你造成的，而是自己跟自己过不去，别人的同情会让自己显得弱小，自我关怀则会让我们变得强大。*”所以，当苦难来临的时候，我们只有去面对它、解决它，才会迎接新的生活。

接纳自己坎坷的婚姻

我的朋友 Z 已经过了而立之年，最近她因为遇见了真爱而活得越来越像一个少女。她说，真没有想到，自己离过两次婚，人生已经过了小半，居然还能重获幸福的婚姻。

她的第一任丈夫是一个音乐才子，她迷恋他的潇洒与浪漫，并且深深地爱上了他。他们谈了5年恋爱后喜结连理。一年之后，儿子出生了。她以为，这就是最幸福的生活了，有家、有爱人、有孩子。她以为这个男人会陪她共度一生，但个性、观念的巨大差异让两个人越走越远，其间还发生了一些让人无法原谅的事情，所以她选择了离开。尽管内心像被刀剜了一般痛，她依然毅然决然提出离婚。

离婚后，她独自抚养孩子，坚强努力，但那种不知所措的孤独感常常把她从睡梦中叫醒，窒息感如影随形。

在孩子读中学时，她嫁给了第二任丈夫。她其实并不爱这个男人，只是搭伙过日子。第一段婚姻让她不再希冀爱情，那么美好的爱情最后带给她的只是伤害，还有什么是值得她期待的呢？嫁给一个爱自己的男人，也许就没有那么多痛苦了。

尽管这样，他们仍然过得不幸福。她是一个追求美的女人，对美的大自然、美的服饰、美的艺术打心底里热爱着。可是这个男人并不懂得欣赏这些美好的事物。他们除了生活里琐碎的沟通，没有一点心灵的交集。

这段婚姻只维持了两年，两年后，她还是选择离开这个自己不爱的男人。不管是自己爱的人，还是爱自己的人，都没有带给她幸福感。她终于明白，只有相爱才能带来持久的心安。

今年春天，万物复苏，我亲爱的朋友 Z 终于等来了她的灵魂伴侣。他们一相见就认定了彼此，仿佛前世就是深爱的伴侣。这个男人事业有成，儒雅有风度。他们有着共同的爱好，有着相近的灵魂。闻见一朵花香，他们会发出相同的惊叹；看见美的山谷，他们会同样欢喜；听见清脆的鸟鸣，他们会同样迷醉。他们有一样的梦想，一样的心性，一样对于爱情的期待。

她嫁给了比她大九岁的他，这个男人并不因为她曾有过两段婚姻就嫌弃她，而是将她视若珍宝。他懂得她的珍贵之处、迷人之处。从两段不适合自己的婚姻中逃离出来，她终于遇见了适合自己的伴侣。现在每天都能听到Z银铃般的笑声，这种快乐是由心而发的。她说，遇见灵魂伴侣之后，才觉得人生完整了，每天都很心安。

结了三次婚，她才等来自己的幸福。来得太晚有什么关系呢？只要幸福来敲门，以前受过的苦都可以忘记，她只要当下的甜蜜。

当我们面对人生的逆境时，如果只是一味地抱怨、自卑、悔恨、内疚、恐惧，这件事带给你的痛苦就会放大几倍，日子也会过得越来越糟。只有接纳那些不能改变的困境，改变能够改变的，如心态、心情，化解痛苦，坦诚地面对自己、关怀自己，用积极、乐观的心态带给自己更大的力量，才能让我们穿过黑暗，实现人生的蜕变，拥有更持久的幸福力。

幸福，是每一个人都可以拥有的能力。你要相信，上帝要送给你一样礼物之前，会先变成魔鬼来考验你。

无常是生命的常态，珍惜每一个当下。

接纳自己的不完美，拥抱每一刻幸福。

从 0 到 1，我只坚持做了四件事

刚进大学的时候，我非常自卑，与别人说话根本就不敢看对方的眼睛，总觉得身边的人都太优秀了。别人是白天鹅，而自己只是一只丑小鸭。

但是，四年以后的我，蜕变成了一个自信的女孩，获得了大学里最高的荣誉——8000 元的国家奖学金，并通过自己的努力考上了研究生。

从 0 到 1，我只坚持做了四件事。请允许我在这里与你们分享这个破茧的过程。

勇敢的基因在冒着傻气的那一刻被唤醒

大一开学后，我为自己的肥胖和“小四眼”而深感自卑，看别人怎么都像白天鹅，看自己怎么都像丑小鸭，所以每次与那些优秀的人说话，我都不敢正视他们，但是那个时候我也是个心怀梦想的女孩。

第一次上台是在大一军训晚会上。那时的我看见台上的同龄人如繁星一般耀眼，心里无比歆羡。

我鼓起勇气去找工作人员，表达了我想在晚会上朗诵一首诗歌的想法，他们说晚会的流程都是事先安排好的，不能更改。有人让我放弃这个不切实际的念头，我不肯放弃，最后找到了学生处处长，他并没有立刻拒绝，而是让我当场朗诵诗歌，我用我的声音获得了他的认可。

我如愿站在了舞台上，那一刻，身边的人华彩艳服，而我只是一个穿着迷彩服、素颜，戴着眼镜的平凡女孩。

我用心地朗诵了那首感动过无数人的诗歌《孩子快抓紧妈妈的手》，最后还唱了《感恩的心》。当我听见台下雷鸣般的掌声时，我也在心里为自己鼓掌。

回来以后，我在日记本上写了一句话："原来，只要我勇敢，我也可以变成发光的星星。"

如今想来，**那时的自己就是个傻得冒泡的初生牛犊，可是"勇敢"的基因就在那个时候被唤醒了，在之后的十年间，它领着我实现了一个又一个的梦想。**

成功永远留给锲而不舍的人

大一那年，我怀着对梦想的渴望参加了许多竞选，我竞选了系里的学生会成员、图书管理委员会的图书管理员、大学生通讯社的播音员、记者团的记者等。

平日里，我不爱说话，有些自卑和孤僻，但是每当站在台前，我就像换了一个人，语言流畅，自信开朗。身边的人都感觉不可思议，其实他们都不知道，每次为了竞选，我都会一个人躲在学校的后花园把演讲稿背上无数遍。

我一直记得刚进校时，美术系的辅导员对我说的那句话："成功永远都是留给有准备的人。"

大三那年，我通过自己的努力，先后担任过美术系通讯部的部长、大学生通讯社副社长、图书管理委员会会长等职务。

大学这四年，我从未忽视过专业学习，每次画画，我都会比别人付出更多的时间和精力去完成。有一次油画课程老师给我们布置了一份画一幅4K纸油画的结课作业，除了完成老师布置的作业之外，我还想完成一幅更好的作品。有了这个念头后，我马上行动起来，从音乐老师那里借来了废旧的手风琴与破皮箱，将它们摆放在画室一角，利用课余时间画了这幅名为《手风琴》的油画写生作品，得到了油画老师的赞许。如果在绘画过程中遇到困惑，我会马上找油画老师，他没空的时候我就会找其他美术老师为我解答。自知在艺术这条路上我并不是最有天赋的人，但我绝对是最努力、最勤奋、最拼命的人。因为我的锲而不舍和好学，我的成绩在班里一直名列前茅。

这些奋斗的足迹都渐渐有了回报，我获得了三次学院奖学金，两次国家励志奖学金，一次国家奖学金。因为脚踏实地地去走好每一步，所以我一次次地成功了。

坚持，是获得成功的通行证

在追逐梦想的过程中也会遇到很多坎坷。

大一我竞选播音员，因为普通话不标准而被淘汰。那时我才意识到自己的普通话并没有想象中那么好，必须更加刻苦地练习。由于我鼻边音不分，我向老师、学长、学姐请教，向身边所有普通话说得好的人请教，然后每天早上去后花园狂读课文。

我没有放弃心中的播音梦，练习了一年的普通话之后，我再一次去竞选播音员。这一次，我用自己的努力和坚持赢得了别人的尊重与肯定，我成功了。

还有一件事我是一直在坚持的。因为白天太忙，所以我把对于写作的热爱放在了深夜。我坚持在室友都睡去的时候写散文、诗歌或者小说。很快，我的文字得到了越来越多人的认可，

人应该无忧无惧地去追求自己想要的东西，不惧怕任何结果。

并在“巴蜀风文学社”的月报上开设了自己的专栏，我的笔名是“吧啦的恬静园”。

因为对文学的热爱，我又参加了许多比赛，如写作、诗歌朗诵、演讲等，只要一有机会，我就会尽全力去争取。我告诉自己，人应该无忧无惧地去追求自己想要的东西，不惧怕任何结果。

我从来都觉得梦想是自己给予自己的坚持。当你的耳畔都是“你不行，你放弃”的声音时，你就要鼓起勇气大声地告诉自己：“我行，我要坚持！”

暂时放下，是为了以后更好的得到

从大三下学期开始，我放弃了所有的学生管理职务，放弃了弹钢琴，放弃了写作，只为做一件更为有价值的事情，那就是考研。

其实，考研的人是幸运者。因为不管你最后成功与失败，都会获得一次人生中难得的历练。你只有把自己往土里砸，砸得越深，以后才能反弹得越高。

这一年我把所有的时间都用在了考研上，心无旁骛地复习，每天都是早上五点半起来背书，自习室门没开，我就借着路灯在走廊上背。

那一年的暑假，我整整一个月都没有迈出大门一步，整天整天地背单词，想着如果有一天如同魔鬼的单词也变得像天使一样可爱，那我就真的达到了登峰造极的境界。

上帝总会怜悯那些刻苦的孩子。考研当天，我一点都不困，一直奋笔疾书。直到考试的第三天，我走出教室的时候，才感觉到全身早已瘫软。其实，参加考试的那几个晚上我都没有睡觉，一个人住在西安的旅馆，拼命背书，连床都不敢碰，怕一碰就会睡着。

我知道，从准备考研的第一天，一直到走出考场的那一秒，只有一直保持这种奋斗的姿态，我才有可能赢。

记得考试的前一天，我收到了一个朋友的短信，他说：“***一个人在那么远的地方，为了自己的梦想努力奋斗。苦、累、孤独是必然的，不过相对于收获时的那份喜悦，这一切的付出又是那么地必然和需要。***”看完这个短信，眼泪不自觉就掉了下来。

亚里士多德曾经说过：“优秀是一种习惯。”那么，我想说，努力也是一种习惯。

后来，我顺利被陕西科技大学录取。我觉得用一年的艰辛换回三年的深入学习的机会，真的很值得。

有人问我是如何获得这些成功的，我会告诉他们，因为我一直把自己当成一个很笨的人，那样我就会一直保持着谦卑的姿态去努力和奋斗，成功总会眷顾努力的人。

这是一只蜗牛的奋斗历程，虽然她走得很慢，但是她会脚踏实地走好每一步。

四点建议

其实，刚进入大学时，我是自卑、怯懦和迷茫的，但是四年后，当我走出这座象牙塔时，我遇见了更好的那个自己，自信、果敢和有着明确的方向。由此看来，一个人可以通过不懈努力实现从平庸到不凡的华丽转身。

我们可以通过以下四个方法来提升自己。

第一，勤奋。一分耕耘、一分收获，每一位卓有成就的人都是勤奋者。

有一个人问法师：“为什么一定要勤奋呢？”

法师回答：“因为懒惰会很苦。不仅未来会苦，现在也很苦。”

如果想改变自己，突破现有的平庸状态，就需让自己告别懒惰，成为一个意志力强、勤奋精进的人。

第二，阅读。我这里说的阅读不是指看青春类文学，我指的是一些励志书籍。虽然很多人质疑“励志文章”和“励志书”，这是因为没有足够的分辨力，分辨不出哪些是珍珠，哪些是鱼目。如果你每一天吸收到的都是正能量，那么你的心态就会更加积极乐观，你的生活也会越来越好。在这里，我给你们推荐

一个人可以通过不懈努力实现从平庸到不凡的华丽转身。

一本书——《羊皮卷》，这本书是近代史上最伟大的励志经典著作之一，它可以激发你隐藏的潜力，让你为心灵充电。每天晚上睡前看 15 分钟，有这样一个长久的积累，你一定会变得更加优秀。

第三，计划。在读大学的时候，我有一个很好的习惯，就是每天睡前写下第二天的学习和生活计划。我写的很细，几乎会落实到每一个时间段应该做什么。可能有时候会因为某些事情而中断了计划，但那都是少数情况，只要自己有足够的意志力，大部分情况下都能完成既定计划。这样的习惯让我每天都会过得井然有序，不慌张、不浮躁。你们也可以试一下这个习惯，也许会有不一样的收获。有一些人习惯在手机 APP 上写计划，但是我个人推荐使用手写式的效率手册，它可以帮助你每天摆脱忙乱、困惑与茫然，指引你规划人生。

第四，感恩。记得读高中的时候，有一位老师曾对我们说过，坚持每个星期写下自己想要感谢的人和事，那样你会觉得自己很幸福、很富有。我加倍去做了这件事，我坚持每天写下很多想要感谢的人和事，这个习惯我坚持了几年。老师给予了我帮助我会感谢，朋友给我买了一盒糖果我也会感谢，这些感谢都来自生活中的细微和美好。如果你们把这些细枝末节的幸福积聚起来，你会发现自己的生活永远都是明媚灿烂的。

愿你也能从 0 到 1，实现人生的华丽转身。

所谓“不行”，都是自己设的限

高考是人生一个重要的分水岭。为了圆高考梦，学校领导、老师、家长会有意无意地遏制你所有的爱好。每个人都觉得，我们只有攀登过高考的崇山峻岭，才有机会领略更广阔的风景。那时听得最多的一句话就是：“等你考上了大学，你就可以去做你心里喜爱的事情了。”

我们都曾穿过不喜欢的鞋子

18 岁那年夏天，我终于翻山越岭，考入了四川的一所二本院校。当时身边不少同学抱怨着这所大学与理想大学之间的差距，我却对它充满了一种莫名的爱。这爱不止是校园里蔓延在教学楼青灰色墙壁上的一大片爬山虎；不止是那些高挺而苍老的大树；不止是藏书浩如烟海的图书馆；也不止是那从校园广播里传出来的温暖声音……更因为我终于可以去做心里喜爱的事情了——那潜藏在心里的梦想、曾被搁浅的爱好，终于可以有一个施展的平台了。

曾是清华校长的梅贻琦说："所谓大学者，非谓有大楼之谓也，有大师之谓也。"于我而言，大学的价值在于它的包容与大气，以及它可以助我圆每一个有可能的梦。

记得有一次从食堂走出来的时候，头顶的大喇叭里传出一个女孩亲切而温情的声音，伴着优美的钢琴曲，她在读一篇散文，声音富有磁性，沁人心脾。那一刻，内心深处的一根弦仿佛被莫名地触动了，我情不自禁地对身边的朋友说："如果有一天，我也能成为一名播音员，那该多好啊。"播音与我所学的"绘画艺术"一样，它们都有一种无法抗拒的魅力与感染力，播音是一种"声音艺术"，人间百味，喜怒哀乐，尽在这声音中。

当通讯社开始招收新生的时候，我毫不犹豫地去报名了，我的目标是竞选播音员。

面试时，我朗诵了一首自己写的诗歌，我热情洋溢地告诉他们："我不需要别人记住我的名字，但是我希望有更多的人记住我的声音，我希望用自己的声音去感染、温暖更多的人。"

凭借优异的表现，我顺利地通过了竞选播音员的面试、笔试与几场复试。别人说我身上有很多优秀的潜质，如果再能把普通话说标准了，我就是竞选者中最有希望的一个。

可是，最后我还是被淘汰了，因为我说话带有童音，且普通话也不够标准，分不清楚鼻边音，而发音标准是作为一个播音员所应该具备的最基本的专业技能。

通讯社的成员跟我说："编辑部部长很看好你的文采，他已经答应让你免试成为通讯社里的编辑。你是第一个有这种待遇的学生，一定要好好珍惜。"

即使这样，我还是蹲在黑夜的角落里哭成了泪人。梦想之花刚开出花蕾就遇到了一场霜降。在忧伤、不甘的哭泣中，我接到了一个姐姐的电话，在这所学校没有人比她更了解我。

她温柔地问我："有两双鞋子，一双鞋子是你喜欢的，另一双鞋子是适合你的。你选择哪双？"

我犹豫了良久，然后擦干眼泪告诉她，我选择后者。而那是不是我内心最真实的答案呢？

我知道，我只是暂时选择了适合我的鞋子，我终会等到那一天，能够穿上自己真正喜欢的鞋子。

那一刻，我的眼睛又一次湿润了。

我从未放弃过任何一个微小的机会

我成了通讯社的一名编辑，每周有几天的时间会在编辑室值班选稿。编辑部与播音部仅一门之隔，每次我选好稿子后就会推开那扇门，将稿子轻轻地放在播音台上。值班的播音员来播音的时候，我总会静静地听着。等她们走了之后，我会偷偷地坐在她们坐过的地方，戴着耳麦对着话筒，模仿她们播读文章。

没有一件事是有十足把握一定能成功的，但是只要怀有这个梦想，就应该遵从内心的声音，尽自己的所能去追求。也许最终我们没能到达梦想的终点站，但沿途也看了很多美好的风景，这也是一种收获。

光阴如梭，转眼我读到大二了，通讯社又开始招收播音员。一年的大学生活历练了我的能力，让我在语言表达、写作、待人处事等方面都得到了提升，而且，手拿着普通话二甲证书的我更有自信了。

这一次，我重新站到竞选播音员的讲台上，用我的成长、精彩的表现获得了更多的掌声。我知道，这所有的肯定与祝福是我用整整一年的坚持和努力赢得的。

虽然与我一起竞选的都是大一的学弟、学妹，但我并不觉得第二次走上竞选的平台有什么难堪，也不觉得有多大的压力，反倒觉得是一种喜悦。感觉有一种力量在一直支撑着自己。它源于梦想，更来自我的热爱与执着。

在这个坑里跌倒了，我必须坚强地爬起来，擦干眼角的泪水向着梦想的方向继续奔跑。当我一次次地告诉自己："我可以做到的，我可以做到的！"我就真的做到了。

面试、笔试、四次复试，我终于通过了考核，进入了播音员的培训阶段。与我一起参加培训的还有8个大一的学弟、学妹，他们与我一样有着对播音的喜爱与渴望，只是他们比我更幸运。

那一段日子，正值寒冬时节。每天中午，在播音室外的走廊里，就会出现9个身影，一遍又一遍地练习着稿子，迎着凛冽的寒风，放声地品读。通讯社所在大楼的对面是教工宿舍楼，我们时常会在读稿子的时候闻到一阵阵菜香，肚子便开始不争气地咕咕叫起来。饥饿与寒冷没有让我们退缩，反而读得更加起劲了。

时光动人又温情。播音室对面窗台上晾晒着棉鞋，阳光静默沉淀下来，发出湿湿微弱的光泽，仿佛灵魂深处的橘黄色萤火，滋生许多柔软与妥帖。我们9个人的声音穿过冬日的阳光，越发地爽朗明亮起来。

远处的那扇木窗，有一个小男孩在埋头做着作业，身边放着一个印着卡通图案的书包。细细观望，仿佛能听到铅笔在作业本上摩擦的沙沙声。还会看见母亲为他端来热气腾腾的饭菜，平淡日常里充满了慈爱。

内心忽然充满了柔情。曾几何时，母亲也是这样柔软的，想念那段躲在记忆里的美好时光。把目光再一次移到手中的稿子上时，它们似乎也浸满了柔和。

做着自己喜爱的事固然快乐，但压力一点都不会少。每天播音员午间节目结束后，就会检查我们这一天是否有进步。我们一个挨着一个走上前，读着当天规定的稿子。然后，播音员会逐字逐句地帮我们指出其中的不足与缺陷，并提出建议，也正是这样的提点和一点点地积累，让我们慢慢成长起来。

那些微不足道的小成功，累积成了后来对人生的自信

让我倍感压力的是，我的普通话依然存在着很大的问题。我不希望自己在一个坑里跌倒两次，所以在平日里我用了比别人更多的时间去练习，我请求普通话优异的学姐帮助我纠正鼻边音。在她们的耐心指导下，我不断进步，当我渐渐找到正确的发音方法时，我似乎看见了希望的曙光，梦想之花正在吐纳新蕊。

为了学习更专业的知识，那一段日子，我还专程坐校车去

新校区传媒系的播音班当旁听生，旁听生的经历，让我受益良多。播音班的老师是一个很漂亮的年轻女老师，她的声音是那么好听，就像唱歌的百灵鸟一样。她上课的时候，我就一直看着她的嘴唇，看她是怎么发音的。我在想，要多少年的积累才能拥有这样的魅力啊！

培训了一段日子后，播音部进行了几次考试。考试，就意味着有人要离开。身边的同伴渐渐少了，9 个人只剩下 5 个人，我们 5 个人虽然留下了，内心的紧迫感却依然存在，因为随时还有可能被淘汰。

最后一次考试是试音。那一次，我们终于能够在播音室里真正地对着话筒、戴上耳麦读文章了。我们轮流着进去考试。我是第一个进去的，内心无比激动又觉着异常的神圣。我出来后是另一个女孩进去，几分钟后她满脸通红地跑了出来，又是紧张又是兴奋。5 个人考完后都觉着自己的发挥不尽如人意，每个人都说这次只怕是自己要离开播音部了，各自都像小孩子一样涨红了脸，眼里的泪花也止不住地闪烁。

我们不想离开播音部，我们不愿分别。一个月的培训，一种浓浓的、真切的感情早已烙在了我们的心中，我们都忘不了。忘不了大家站在寒风中大声朗读文章的样子；忘不了大家互相帮助时的温暖情谊；忘不了播音部的师姐们为我们所付出的一切……

那些时光深深烙在了心里，眼里时常会泛起温情的一幕幕，耳边也会响起时间的轻语，告诉我，不要忘记。

结果出人意料，我们 5 个人全部都留了下来，成为试用播音员。这就意味着，我们终于可以在播音室里播音了。那一刻，我们破涕为笑，付出后的收获与快乐如此真切，分外甜蜜。

一年的漫长等待，我终于让自己的声音从校园之声的大喇叭里传遍了整个校园。每一次的播音都伴随着真切的幸福感。这一路，充满了荆棘，但是走过来之后才发现，每一次被刺留下的心血，都浇灌出了绚烂的花来。因为不易，所以珍贵。

每一步，都算数

十年过去了，再回忆起这段竞选校园播音员的路，心里依然是温热的。即使后来不再当播音员了，但经由这段经历，我知道了声音的魅力。声音可以传递表情，我能感知到一个人如果是带着微笑读文章，声音里就会带着清透明亮的山风与袭人花香。而说话带童音的缺点竟然在经过专业播音训练后变成了我的优势，让我说话有了别样的亲和力，这也算是上天对我努力的回报了。

当上播音员让许多人都对我刮目相看。他们想不到平日里安静、忧伤的我口音竟如此标准，更惊诧于我因这声音从内而外绽放出耀眼的光芒。然而，没有人知道，这种光芒是用我躲在黑夜里的无数次练习换来的，是在校园广播站的不断磨炼、不断试错和改正提升中获得的，如同贝壳经历了长时间悄无声息的磨砺与隐忍才得来光洁玉润的珍珠，彻底绽放它耀眼的光泽。

人生就是这么地奇妙，有因必有果，播音员的经历让我在以后的工作中，在微信群、分享会及网络课堂的发言和教学中，以声音的优势获取认可。

2016 年 6 月，我的摄影梦想课堂开课了，我在网络上用语音给学员们授课。第一堂课结束后，我听到最多的赞美是："老师，您的声音真好听啊！"母亲也表扬了我，她说我上课时候的声音气场与平日里小丫头的说话方式判若两人。

我知道，**这是上帝送给一个努力姑娘的漂亮礼盒，里面装着一个干净透亮的梦，而这个礼盒只能由自己开启。**

这样的梦，是心中一匹不羁奔跑的白马，它不受任何世俗的制约、不受任何荆棘的羁绊，它向往神秘而充满着花香的远方，它企盼辽阔无垠的大草原，它憧憬水草肥美的土地……前面依旧是漫漫长途，巍峨峰顶。

面对青春，我不惭愧。和所有以梦为马的诗人一样，我以梦想走这一生，哪怕一路荆棘坎坷，我不低头，哪怕一路黑暗迷茫，我心坚定。以梦为马，不负年华。

心之所及的远方，亦在云端深处。握紧缰绳，策马前行。

这个时代，千里马是你自己，伯乐也是你自己

从小我就喜欢读书、写作，于是常年坚持写文章，当同龄人在逛街、聚餐、打游戏时，我就窝在自己的小世界里写作。天道酬勤，十年笔耕不辍的积累让我得以在24岁时出版自己第一本散文集《见素》。回首过往，如果我不是用坚持打磨梦想，或许，我只是庸庸碌碌中的一员，更加不会有梦想实现的一天。

坚持让“茉遇见莉”

研究生快要毕业时，我对母亲说，我想当专职作家。

母亲当然不同意，她反问我：“如果有一天你没有灵感了，靠什么养活自己？”

在大众观念里，女孩子找一份稳定的工作，相夫教子，安安稳稳度过一生就好。写作只能是业余爱好。

当时的我经过慎重考虑，听从了父母的建议，应聘上了大学教师的工作。但内心深处，我从未放弃当初的梦想。既然目前的状况无法支撑我的梦想，那我愿意等。我相信，只要坚持，生活就会一步步为你的终极目标铺路。

正式入职前的那个暑假，我与作家出版社签了一本短篇故事集。整整两个月，我在租来的房子里夜以继日地写着，几乎足不出户。当你在做自己热爱的事情时，你永远无法想象，那与生俱来的潜能，会在夜空中绽放出怎样的光芒。

入职后的日子是艰辛的。大学教师的工作看似轻松自在，但真正进入这个岗位之后才知道其中的辛苦。然而不管多忙，我都会抽时间去阅读自己喜欢的书，我的世界常常一分为二。白天为工作忙碌，夜晚为文字而活。这样当然是辛苦的，可当身心都沉浸在文字的世界里时，我满心喜悦。

2015 年 11 月，我的新书《当茉遇见莉》出版。我所就职的大学很重视，专门在校图书馆为我举办了新书发布会与我的个人励志成长分享会。我突然意识到，我不是天才，也没有身赋异禀，是对写作的热爱和坚持，才让我的梦想开出美丽的花。梦想与坚持，从来都是相辅相成的。

每个心怀梦想的“千里马”都渴望遇见赏识并改变自己命运的“伯乐”，但其实，人生中真正的贵人是自己。只有自己足够勤奋、坚毅、勇敢，将空谈化为行动，将冲动化为激情，再在颠簸的追逐之路上坚持走下去，梦想之神才会于千千万万个梦想中，成全你的追逐。

享受人生的洗牌：放弃存量，推翻重来

意识到坚持在梦想中扮演的重要角色之后，我再也没有松开过它的手。

我不仅自己坚持，还会鼓励我的学生坚持。在教书的过程中，我发现许多大学生也有梦想，但愿意不顾一切去坚持的却不多。我也尝试着鼓励他们努力追梦，但效果不显著。有许多读者给我留言，说读了我的某篇文章后找到了奋斗的动力。我渐渐萌生了这样的念头：如果我用一年的时间教书，只能改变几十个学生，而我写一年的书，则可以通过纸媒与网络的传播，改变成千上万的人，若我写一辈子的书，可以影响的人将不可计数。坚持的力量如此强大，一定会促使很多种子生根发芽，乃至开花结果。

2016 年夏天，我做出了一个让旁人大跌眼镜的决定：辞去了大学教师的工作。我心中的现世安稳是另一片天地，旁人的不解与我无关，我只愿与文字作伴，走过一年又一年的春夏秋冬。从此，我成为自由写作者，我终于可以自由地与文字交谈，以笔为舞。也终于有时间去偶遇不同的城市，用镜头记录各个地方的风土人情，并将旅途中的所见所闻写进书里。我的心变得前所未有的安宁和踏实，写作成为我的心灵慰藉，更是我日常生活中最重要的一部分。

感谢我的坚持，我的人生轨迹转向了另一个更为深远、更为美丽的国度。感谢我的坚持，我的人生从这一刻开始重新洗牌，那熠熠生辉的牌面，更加坚定了我的信念。没有坚持，谈何梦想？

2016 年 12 月，我离开大城市，回到湘西古镇的老家生活、

创作。这片青山绿水曾走出一代文学大师沈从文。每日清晨，我端坐于书桌前书写，搁笔休息时，透过窗户远眺，那里有大片的田野、放牛的农人以及掩映在云雾中的远山。我的眼神开始变得幽远。

大自然虽美，但美不过梦想；梦想虽美，却敌不过现实；现实虽残忍，终究扛不过坚持。如果梦想曾在你心里千回百转，夜夜不得寐，那么，鼓起你的勇气，坚持到底。人生洗牌又如何？只要底气足，即使烂牌，也能打出好的牌面。

大自然虽美，但美不过梦想；梦想虽美，却敌不过现实；现实虽残忍，终究扛不过坚持。

自由的本质
是一场最深的自律

离开大学讲台已经很久了，偶尔母亲会问我，辞职之后是否后悔。

我很坚定地回答，从未后悔。

因为我依然是一名老师，只不过换了一种形式。辞掉大学教师的工作后，我在网络上开设了摄影梦想课堂，授课时长从每周 16 节课变成了每周 2 节课，授课方式从面对面授课变成了网络语音授课，生活状态从经常熬夜变成了每天早睡早起，薪酬从月薪 4 位数变成了月薪 5 位数。

父母也曾因为我与旁人不同的选择而恼怒和担忧，但现在看见我的工作状态与生活状态越来越好，他们终于从反对转为支持。母亲说，她看到了我的改变，看到我一步步变得更加有担当，更加快乐，也更加自信了。

有许多朋友看见我离开体制后过得很好，便心怀期待地问我，是否自己也可以辞职，成为一个自由人。答案并不是绝对的，这因人而异。

是留在体制内安安稳稳过一辈子，还是成为未来充满不确定性但当下努力追梦的自由职业者？这取决于你的个性和生活环境。如果你渴望安稳度日，害怕颠簸，则适合待在体制内；如果你骨子里就向往自由的生活，不惧怕一切未知的挑战，愿意为活成自己喜欢的样子去付出与承担，那你更适合成为一名自由职业者。对于体制，留或走，并没有好坏之分，只有适不适合。

离开体制成为自由人，并非想象中那般放浪不羁，无所束缚。自由的生活，会对你提出更高的要求。你首先要有坚定的信念、不凡的才能、不屈的毅力，然后还要有资金、人脉与家人的支持。这并不是自己冲动下的一个贸然的决定，更不是逃避现实困难时的一个不负责任的转身。

其实，自由的本质就是一场最深的自律。如果没有内心的克制与定力，没有明确的目标和方向，如何过自己想要的生活？到最后，不过是日日没有意义地蹉跎罢了。

来看看我一天的时间安排。清晨 5 点 40 分起床，我从不认为自由职业者就可以睡到自然醒，越是自由职业者就越懂得珍惜时间，越渴望把人生中的每分每秒都用在自己真正喜欢的事情上，一分一秒都不愿意浪费。起床后，通常我会喝一碗粥，然后在沐浴着温柔晨光的书房里阅读书籍，写文章。一日之计在于晨，因此我愿意把一天里最好的时间用来阅读与写作。生命的丰盈，需要我从文学中汲取养分，从内在不断提升自己。午饭过后小睡一会，醒来就开始处理各项工作：主编公众号、设计、修图、备课。晚饭后，是与家人一起的时间，我们会去散散步、健健身。到了晚间，坚持晚上 11 点前入睡。每周只有两天晚上需要上网络摄影课，其他时间我都可以自由安排。

空闲的时候，我时常去山野中给朋友们拍照，在自然中与人交流，倾听许多美好或忧伤的故事，把心中的思绪、对生命的祝福拍摄进我的作品，记录着一个个人，一段段故事。每个月我也会安排出一段时间去不同的城市，给我心中喜欢的人拍照。我的作品越来越多，拍摄的技巧也越来越娴熟，得到越来越多朋友的喜欢。约拍，成了我的收入来源之一。

曾经我梦想着每一天都可以做自己喜欢的事儿，不被束缚地生活。我可以去读我想读的书，去写我想写的文字，去看我想看的风景，去见我想见的人，用自身的这份光亮去感染更多同类人。

现在，曾经梦想的生活已然变成现实，我把日子过成了自己喜欢的样子。我庆幸自己在二十几岁的年纪就勇敢地在纷繁复杂的人世间找到了一条属于自己的路，并且能坚定而幸福地走下去。

辞职后的我，没有停歇，每天都在努力学习，不断充电。只有时刻保持学习的习惯、向上的姿态，才能让自己像一棵坚实地扎根在大地上的植物一般，长得茂盛。只有自己的文字作品与摄影作品有了质的飞跃，我才有底气让自己去过自由的生活。

人的一生那么长，成为你自己，看到自己的心，用心去感知你与这旖旎世界的深刻联系，寻得见你的心之所爱，并苦心孤诣地坚持下去，这一生才不算白活。

孤独也许是生命的常态

那些不听从中国式父母安排的人，后来怎么样了

在一次新书分享会的互动环节中，一位妈妈讲述了心中的困扰，她的女儿大学毕业后在一家国企工作，月薪颇丰，可是今年女儿一直想要辞职创业。她不想女儿放弃稳定的工作，女儿不想放弃创业的梦想，母女俩因此闹得很不愉快。

这位母亲问我她该怎么办。

其实在我们这个时代，许多家庭都遇到过这种问题。父母想要儿女一生稳定，儿女却想要拼命折腾。有禅友也遇到过类似的情况，父母帮她安排好了老师的工作，可是她偏偏想要从事自己热爱的文字工作。她向一位小沙弥求助，小沙弥说：“我们上一辈是苦过来的，所以很没有安全感，于是在所有事情中，排第一位的变成了‘稳定’；我们这一辈是安逸过来的，所以一直是在寻求改变和突破。这是两代人之间的观念鸿沟。”

小沙弥一语道破了其中的玄机。父母这一辈渴望稳定，我们这一辈想要突破。对于这个问题我深有感触，因为我也曾为了工作的事情与父母发生过冲突，但是后来我既让父母安心了，又实现了自己的梦想。我完美地解决了这个问题。

这是个问题，也是个难题，却绝不是无解的，想要解决这个问题，需要父母与儿女两方面的共同努力。

* 给父母的建议

第一，及时与孩子沟通，倾听他们的心声

当孩子的理想职业与父母的安排有冲突时，父母不必大动肝火，不要责备、独断，更不要说出“不听我们的，就断绝关系”这样的气话，平心静气地坐下来倾听孩子内心真实的声音，更有助于矛盾的解决。比如文章前面提到的那位禅友，她想要从事自己热爱的文字工作，那么父母就可以询问她今后的每一步打算，她对这个领域的了解，她在这方面取得过什么成绩，她最终想要成为一个什么样的人……一步步帮孩子捋清思绪，让她看清现实，也看清自己的内心，如果她仍然坚持自己的选择，可见孩子并不是一时冲动，这时候我建议家长们可以放手让孩子一搏。

当然，如果孩子想做的事有害于他人、家庭与社会，无论如何都要阻止。

第二，让孩子去过他们想要的人生

太多父母有以下这些共同“特征”。

他们没能从事自己梦想的职业，就想孩子帮他们圆梦；他们没有五险一金的保障，就希望孩子这辈子从事有五险一金的工作；他们经历过颠簸曲折的人生，吃尽苦头，就想要孩子这辈子稳定，不再吃苦。

于是，他们为孩子安排好了一生。

“爸爸妈妈这是为你好啊！”

可是，亲爱的爸爸妈妈，这是你们想过的生活，而不是我想过的。

父母为孩子安排好一切，其实是人生绑架，这样的人生并不是孩子的，只是父母的一个作品。

现如今这个时代，只要你有能力与才华，只要你足够努力地拼搏，总能走出一条康庄大道，过上你渴望的生活，实现人生价值。在我们心里，并不是朝九晚五才可以幸福一生。

所以，父母要学会放手，舍得让孩子去拼，去吃苦，去实现他们自己的梦想人生。

第三，给孩子全力的鼓励与支持

追梦的路上不会是一帆风顺的，当孩子遇到挫折时，父母最好不要说一些类似于“看吧，不听我们的话，才落得这样的下场”的丧气话，这相当于幸灾乐祸，也等于是落井下石，只会让你们的孩子迅速走向失败。时刻鼓励他们、肯定他们，让他们感受到来自父母最强有力的支持，相信我，他们会成功的。

如我，在写作这条路上，不管是取得成绩，还是遭遇挫折，母亲都会让我与她击掌。她用这种方式为我鼓劲打气，一边与我击掌，一边还会用坚定的语气说："菁菁最棒，菁菁加油。"

母亲给予我的爱，成为我坚定向前走的动力。

* 给儿女的建议

第一，及时与父母沟通，诉说自己的想法

沟通很重要。当自己的梦想与父母的安排有冲突时，不要钻牛角尖、叛逆，说一些伤害父母的话，这对解决问题无益。

坐下来，与父母慢慢地沟通，告诉他们你内心的向往与你的计划。你要让父母看到你的能力、干劲与决心，更重要的是让他们看到你对未来的规划，而不是走一步看一步的心态。谈话之间要用智慧说话，不要头脑发热，更要为你自己所说的每一句负责。因为你的人生的每一步，父母都会牵挂。

第二，让父母了解这个时代的变化

我们与父母观念上的最大冲突来自时代的变迁。他们无论如何都不敢相信，你不去上班，坐在家里用手机讲课就能获得丰厚的收入。但事实上，你真的可以做到。所以我们想要让父母安心，就需要让他们融入这个时代。

在我辞去大学教学工作的时候，我让父母都学会了使用微信，他们在朋友圈看到了最新的社会信息，看到了多元化的生活方式，了解到了"互联网 +"时代神速的发展，他们渐渐能理解我为何会放弃稳定的工作，选择成为一名自由写作者了。

第三，用自己的能力养活梦想

父母希望我们有稳定的工作，有五险一金，归结起来就是“生活有保障”，换句通俗的话说就是“不愁钱”。他们害怕我们辞职去创业，本质上是怕创业有风险，担心我们有一天没钱生活。所以让他们安心的最好方式就是你用自己的能力养活自己，养活梦想。父母看到你比以前过得还好，自然没有反对的理由了。

不让父母担心，这也是我们作为儿女的责任。

第四，全力以赴去做你认定的事情，去创造属于你自己的人生

我们的梦想从来都不需要得到任何人的许可，因为人生永远掌握在自己手中。不能因为别人说这件事不适合你，你就草草放弃了最初的梦想。只要你足够有耐力，内心足够强大，对所要做的事情足够热爱，那么任何人都阻挡不了你追逐梦想人生的脚步。

许多人都是因为有坚定的目标，才向人们呈现了精彩的人生。出生大户人家的周树人，没有听从父母要其做官的安排，而是追求自己的人生目标，上洋学堂，后又弃医从文，才有了一代文豪鲁迅先生；巴尔扎克,没有听从父母要其当律师的安排，而是选择了文学这条道路，才成了现代法国小说之父；达尔文的家人希望他能继承祖业，给人看病，但是达尔文一直对医学不感兴趣，他听从了自己内心的声音，选择了科学这条道路，才成为“进化论”的奠基人。

正如海蓝博士所说：“当一个人做一件自己喜欢和擅长的

事时，就会做好，做好了就会成为优秀人才，甚至稀缺人才，收入也一定会比其他人高，最关键的是每天都会感到充实和快乐。”

愿每个有梦之人都能按自己的意愿过好这一生，也愿每一位父母都能成全儿女，让他们去做真正热爱的事，成为他们真正想成为的人。

每个人的身体里都藏着巨大的宝藏，只有成为那个真正的自己，人生才会绽放出独一无二的光芒。

我们的梦想从来都不需要得到任何人的许可，因为人生永远掌握在自己手中。愿每个有梦之人都能按自己的意愿过好这一生。

人生的奇迹，大多来自吸引力法则

我的梦想是读研，当老师，然后出书。

2009 年 3 月，我 19 岁，正读大二。我给自己非常喜爱的一位作家手写了一封信，我在那封信中写了上面那句话。

多年后，那位我喜欢的作家在清理物件时翻出了这封信，她把信拍成照片发给我。当我看到那句话时，内心是激动的，因为这些梦想后来我都一一实现了。

2012 年 9 月，我考上了陕西科技大学的研究生。

2014 年 1 月，我出版了第一本书《见素》。

2015 年 9 月，我成为西安一所高校的教师。

冥冥之中，宇宙间仿佛有一股力量，无论我在心里告诉自己想要达成什么心愿，想要成为一个什么样的人，最后都会实现。

可是我的梦想，远远不止于此。

虽然我从小渴望成为一名老师，但是随着年岁渐长，我越来越发现我这一生的价值绝不是一个讲台就能够完全体现的。我想成为有影响力的写作者，用自己的文字去影响更多的人。人生苦短，我不能再浪费时间，我在心里一遍遍地告诉自己，我想要成为一名自由写作者，我想要尽可能多的时间去阅读与书写。

每次下班回到租住处，看见满柜子的书，心里那个愿望更加强烈：我想要成为自由写作者！我想写更多的书！

幸运之神降临，我的愿望再次实现。

2017年年初，我辞去了大学老师的工作，离开西安回到故乡湘西浦市，成为一名自由职业者。

我的书一本接着一本与出版社签约，一本接着一本在全国出版上市，我的确用充满正能量的文字影响了越来越多的人。

除此之外，我在故乡有了第一家客栈，许多结识于书的读者朋友都说要来客栈见我。她们说，不远万里来到这个湘西偏僻的小镇只是为了坐在我的对面，感受我的能量。

奇迹不止如此。

27岁仍然单身的我，在那个闭塞的小镇已属另类，我的同龄人大多已结婚、生子。经常有人跟我说，随便找个人就嫁了吧。

我不！

我不要将就，我不要将就的婚姻，我不要将就着过一辈子，我永远不会放弃那个美好的期待。

2017 年的七夕节是 8 月 28 日，我在自己的公众号上发表了一段文字：“我清楚地知道，陪我走完一生的人会是这样一个男人：有学识、有涵养、有格局，会陪着我一起游历这个世界，不远行的时候会在我的故乡浦市古镇一起守着‘遇见美宿’，等待每一个来到客栈的朋友，听听四方的故事。他支持我的文学梦、摄影梦、艺术梦。他会一直陪在我的身边，不离不弃。我们可以拥有诗意又富足的小镇生活。我会得到他全心全意的爱。”

奇迹就发生在这一年的 9 月 6 日。那个在我心中构想了无数遍的完美伴侣真的出现了，他就是我现在的爱人闫凌。因为一个读者，我们通过微信相识了，我几乎只用 5 分钟就确定了他就是那个陪我走完一生的伴侣。他也在 3 天后告诉我，我是他等了很久的人。

他是环球旅行家，在 8 年内独自旅行，去过世界上 100 个国家。他是北京人，却愿意为了我放弃大城市优越的生活，来小镇陪我过清静自在的恬静生活。

他说：“前半生我已经实现了环球旅行的梦想，后半生我愿意帮助你实现你所有的梦想。”我们约好了，旺季时在客栈等待有缘人，淡季时他就带着我环游世界。

也许你会觉得惊讶，怎么闫凌会与我在七夕节那天心里构想出的伴侣几乎完全重合？其实连我自己都不敢相信，我真的找到灵魂伴侣了吗？直到他用手捏我的脸，那种实实在在的触感让我确信——这一切都不是梦。

我们幸福地生活在了一起，有了漂亮舒适的婚房，我们相爱并珍惜对方，每天都过得特别幸福。

在我 28 岁生日那天，我惊喜地发觉，我已经过上了理想中的生活。在钟爱的地方与相爱的人，一起做着彼此都热爱的事情。精神与物质达到了平衡，可以说，我已是内心非常富有的人。

曾有许多人无比羡慕地对我说，你在二十几岁就活成了我们的梦。有太多人穷其一生都找不到自己人生的方向，过得碌碌无为，浑浑噩噩。

他们问我是如何过上现在这样理想的生活的。我一时语塞，不知如何回答。

直到有一天我看了一本书——《秘密》，我才发现，原来这一切都源于吸引力法则。这本书激发了我极大的兴趣，因为我发现这个法则适用于每一个试图变得更好的人，我相信它会改变更多的人。我开始阅读国内外关于吸引力法则的书籍与资料，从文字与影像中获取能量。

什么是吸引力法则？

吸引力法则就是，你关注什么，就会将什么吸引进你的生活。任何你给予了能量和关注的事物都将来到你的身边。

换言之，如果你在心里一遍遍告诉自己，我想要拥有什么样的职业，想要拥有什么样的伴侣，想要实现什么样的梦想，这样的心理暗示就会向宇宙发出信号，宇宙再将信号反馈回来，让你有一天真的能实现这些愿望。

不要觉得这不可思议，就像万有引力定律一样，苹果会从树上掉下来，这个宇宙也是有吸引力定律的，它无时无刻不在你的命运里运作着。

写下你的梦想清单

闻名世界的顶级励志大师杰克·坎菲尔德曾在书中说过：“吸引力法则非常神奇，如果你坚持关注生活中美好的、积极的、正面的事物，你就会自动地将更美好、更积极、更正面的事物吸引进你的生活；如果你关注不好的、消极的、负面的事物，那么更不好、更消极、更负面的事物就会接踵而来。”

人们在过生日时，都习惯于在吹蜡烛、吃蛋糕之前闭上眼睛许心愿。你会发现，生日时许下的心愿在不久之后都实现了。这就是因为你在心里说出自己愿望的时候，能量被宇宙接收到了，所以你离这个心愿越来越近。

正如爱默生所言：“一旦你做出决定，整个宇宙都会帮你实现。”

我曾在信中郑重写下自己的梦想：读研、当老师、出书。这些都是我对未来美好的愿望，这些愿望在后来都一一成为现实，就是宇宙接收到我的信号了。但在写下梦想之前，我很早就知道，自己想要成为一个什么样的人。

其实，写下一生的计划就是你在当下表述你的人生目标，你可以在这个发愿的过程中明确你是谁，你想成为什么样的人以及你想要把什么样的姿态呈现给这个世界。

写下你的梦想清单会激发你潜藏的能量，这个行为也是你在向宇宙发出请求，根据吸引力法则，宇宙会汇集所有的能量回馈你、支持你，让你一往无前。

你正如自己所想

罗伯特·舒勒博士曾表达过这样一个观点："你正如自己所想。"

你会明白，为什么大家都会说"爱笑的女孩更幸运"。因为当她用微笑、乐观的态度去面对自己的生活时，那些快乐、幸运、美好的事情就会被她吸引而来。那些整天都苦着一张脸、愁容满面的女孩们，生活都不会太顺遂，因为她们想到的都是消极的事情，吸引来的自然不是幸运之事。

当一个人在一天中接二连三遇到不顺的事情，自然会在心里念叨，自己太倒霉了，太倒霉了，太倒霉了。因为这一念叨，你就会继续接连不断地遇见糟心事。

其实在这个时候，我们换一种心态说不定能转变自己的遭遇。你在心里一遍遍说："我是幸运的。"用微笑代替愁容，用乐观代替忧虑，忽略那些糟糕的事情，你会惊喜地发现，那些倒霉的事情不见了，你的一天变得快乐起来，幸运的事就有可能从天而降。

这是我自己亲身体会过的。

有一段时间我经常失眠，害怕夜晚。每当夜幕降临，我都会很担忧：今晚会不会又失眠？一想起就感觉很痛苦。谁知越想越失眠，我夜夜睁眼到天亮。

当我开始阅读关于吸引力法则的书籍后，我开始对这个法则抱有一种期待。我尝试着像书中提到的那样，不要去想负能量的事情，不停给自己灌输正能量。睡前，我微笑着在心里默念："晚安。宝贝，你会睡得很香甜。"我尝试用一种积极的方式陈述我的愿望。

人的头脑是根据场景来工作的，因此，如果我说“我不想失眠”，我就创造了“失眠”的影像，并且发出了代表“失眠”的震动频率，宇宙接收到的就是代表“失眠”的频率，然后宇宙会做出相应的反馈。所以，我没有去想“失眠”，我一直想的是“我会睡得很香甜”。

令人喜悦的是，我真的很快入睡，并且睡得很好。我用积极的思想影响了自己的身体。积极思想会刺激大脑释放更多的内啡肽，在它的激发下，身心处于轻松、愉悦的状态，免疫系统功能得以强化，使得我能顺利入睡，消除失眠。

我们在日常生活中，总是习惯于去关注不顺遂的方面，特别是当自己的身体出现问题的时候。有一段时间我的身体进入了一个低谷期，我被查出患有颈椎病，这让我非常痛苦，因为颈椎病会引发很多并发症。每一天我都会感受到来自身体的不同的病痛，有时是颈椎疼，有时是腰椎疼，后来还有持续的腹部疼，情绪低落，爱胡思乱想。我一点都笑不出来，每天都很忧虑，觉得自己全身都是病。

后来我运用吸引力法则，身体不适的时候我告诉自己：“我是健康的。”我开始不在意这些疼痛了，我乐观且积极地看待自己的身体,渐渐地那些痛症就消失了。后来我去医院检查身体，并没有什么病症，之前的担忧完全是我自己吓唬自己。

当我的思维“健康”时，我就真的是健康的。所以你们会发现，一些被查出有癌细胞的人竟然活到了 90 岁，还有一些被查出患癌后没过多久就去世了。区别在哪？有时候并不是癌症让他们死去，而是对死亡的恐惧让他们更快地吸引来了死亡。

当我们面对病痛时，要将正面的能量、思想、发愿与药物治疗相结合，我们要把关注点放在健康上，而不是病痛上，这样我们会更快地康复。

坚持自己心中的热爱

我为什么能成为梦想了很久的作家？

那是因为我用10年的时间不断地在心里表达着对它的热爱，它被我的炽热感情吸引进了我的生命里。你的情感越强烈、有力，你的吸引力就越强。

我也终于知道我为什么能遇见自己梦想中的伴侣——闫凌。那是因为我用笔写下了我理想的伴侣，写下我希望他是怎样的人，他有怎样的职业，他以怎样的方式在生活，他会怎样爱我。我非常清楚我想要的爱人是怎样的。这样的期待就像一块吸铁石一样，将同磁场的他从千万里之外吸引到了我的生命里。

吸引力法则的原理是：相似的会吸引相似的。你的能量震动频率会将同样震动频率的能量吸引过来。我们经常会看见作者们在文章里写着“同频的人心灵契合”。我与闫凌有着相同的“三观”，认知也相近，所以我们会彼此吸引。

我意识到，此刻我所拥有的生活，正是现在和以前所有的期待、愿望、想法、行为的集合。我吸引了那些我今生想要的东西：职业、人生伴侣、财富、环境……我挖掘出了自身的潜力，创造了属于自己的精彩人生。

这一刻，你也可以问问自己：你最热爱的事情是什么？你最渴望与什么样的人结为连理，共度一生？你只有发自内心地痴迷于这件事，珍爱那个人的灵魂，你才会激发出强烈的能量频率，让宇宙感应到，并且给予你回应。

真正的热爱就像呼吸一样，是一件自然而然的事情。

人生漫漫，总有人上班时度日如年，只因他做的是自己不爱的事情，身边是一群没有共同语言的人；总有人在婚姻中焦虑悲伤，经常吵架，只因与伴侣并不相爱，互相埋怨与指责。因为不爱，你在日常生活中感受不到一丝丝的幸福与快乐。

如果你做着自己热爱的工作，你的才能、天赋、品质就会被激发出来，你会为这个世界作出更多贡献，体现自己的价值。如果你与深爱的人一起生活，你们创设了与快乐和富足的生活相匹配的震动频率，爱、慈悲心、美好也会被激发出来，你们的家庭会十分美满和谐。

找到你的热爱所在，宇宙会听到你的发愿，帮助你去实现。

马上行动，成为那个你想成为的自己

吸引力法则是宇宙对你的思想和情感能量震动作出回应。这并不是意味着你什么都不需要做，只要想象、憧憬就可以了。它只是让你明白，为了你能创造美好并富足的人生，你的内心感受与外在的理想必须保持一致。接着就是要去实践，为了你想拥有的付出时间与精力。

如此看来，你要用更多的时间去做你自己真正喜欢的事情，这是爱自己的表现。去做热爱的事情会让你产生更多积极情绪，你离梦想就越近。就像我的梦想是出书，成为畅销书作家，那么我就会想方设法在每一天留出阅读与写作的时间。在做这些事情的时候，我会不由自主地感到快乐、幸福、满足、感激、宁静。这些舒展的积极情绪会创造一种与我期望拥有的经历相契合的震动，所以我能梦想成真。

如果你的梦想是拥有苗条的身材，那么你每天就要多运动，制订健身计划。

如果你的梦想是拥有更多的财富，那么你每天就要去努力挣钱，用智慧去获取金钱。

如果你的梦想是一年看完200本书，那么你每天都需要坚持看书，保持阅读习惯。

发愿是第一步，实践是第二步。所有的愿望都需要你奋不顾身、付诸行动，一点一点地靠近。你只有努力，才能感受到宇宙能量对你的支持。

有时候你难免误入歧途，做一些违背自然趋势的事情，但只要你心中依然向善、向阳，吸引力法则就会引导着你慢慢走回正轨，只不过这个过程需要更长的时间，而且你可能会为此付出很大代价。

吸引力法则能为你的人生带去更多正面、积极的影响，让你有可能拥有梦想的一生。你越早体悟到它，就会越早成为一个幸福、快乐、健康、富有的人。

认真许愿，用心行动，吸引力法则会告诉你，你很快会成为那个你想成为的人。

真正的热爱就像呼吸一样，是一件自然而然的事情。

2 CHAPTER

守住 底气

精神独立，才能活得底气十足

女人若想在物质上与精神上都获得独立，
必定要在这人世间跌无数次跤，
趟过无数的滩涂。

我如何从负债累累到实现财富自由

2016年，因为想要有更多的时间写作，我离开了体制，成了一名自由写作者。我不仅失去了经济来源，还面临着一个棘手问题：在我读书阶段，家里欠下十几万元外债需要偿还。

以前，我是一个特别理想化的文艺女青年，一心做着一些遥不可及的美梦，我以为钱不是我需要考虑的事情，总幻想着以后嫁给一个爱我的男人，他养我，给我买书，我继续做着写作梦。多美好！其实是多天真。

那一笔不小的欠款让我重新审视自己的生活与生命状态。一辈子生活在小镇的父母供我读艺术类专业已花光了家中所有的钱，读研时为了供我去台湾研修，父母甚至准备把房子卖了，幸好最终借到钱让我去台北的中国文化大学研修半年。

父母都已退休，我希望他们能安度晚年，无需为钱而担忧，我已成年，要勇敢地挑起生活的重担，做一个有担当的女儿。我坚定地对他们说："这十几万元的欠款我来还。"

一年时间过去了，我不仅还掉了所有欠款，还实现了财富自由，成为一个时间与财富都自由的写作者。如果不是生活逼我一把，我永远不知道自己还有这样大的拼劲与狠劲。

可能有许多朋友想问我是如何做到的，我愿把自己如何突破自我、改变现状的经历与你们分享，希望当下仍然迷茫的追梦人能从中找到方向与力量。

在这个互联网时代，让自己的知识变现

在互联网时代，没有什么是不可能的。如今，线上课程层出不穷，而许多成年人经过几年的拼搏后有了余钱，却没有时间去学校学习专业知识，由此没有时间与地域限制的线上课程就被越来越多的人接受与喜欢，特别是微信普及之后，在微信上听课的人越来越多。

管理大师德鲁克说，下一个社会就是"知识社会"。我们正身处"知识付费"的巅峰时代。

也是在微信线上课程刚刚兴起的时候，我辞去了工作，开始在微信上开设"摄影梦想课堂"。第一学期我仅用 3 天的时间就招够了 100 名学员，所挣到的学费突破了 5 位数，这让我信心倍增。深厚的知识积累、多维的技能、变现的能力，让我成为一个知识 IP。

为什么我能在这么短的时间内招到信任我的学员？首先，我用写作者的独特视角去拍摄，摄影作品得到很多朋友的喜欢，

他们希望学到这种摄影美学知识。其次，我在大学教授的就是摄影，有专业的美学知识理论和素养。还有最重要的一点，我的粉丝基数大，我的个人微信当时就有3个，共有1万多好友，公众号有3万粉丝，加在一起就是将近5万名拥护者。

有人曾提出过“1000粉丝效应”，说的是如果你有1000个真爱粉，那么不管你做什么事情，这群人都会无条件地支持你。我想，这个效应在我身上也再一次得到了印证。

做一个“斜杠”青年，多元化身份实现多渠道收入

如果我只是靠写作挣钱，基本上自己的生活难以为继，更别提还清债务了。所以我除了写书外，还会做摄影梦想课堂，给客户拍照修图，还成立网络设计工作室接单做设计。我读大学、读研时学的都是艺术设计专业，在大学任教期间教的也是艺术设计类课程，这就是我的招牌。我给“雪小禅最美微刊”设计了两年的插图，摄影作品更成为梁实秋等作家书籍的插图。不管是摄影作品还是设计作品，我都用心用情，审美独到，我的摄影学员、摄影客户与设计客户总是源源不断。

知识给予我能力，能力赠予我财富，财富赋予我梦想实现的可能。多米诺骨牌效应由此产生。

《财务自由之路》一书中有这样一个观点：“金钱和机遇并不会应需求而产生，而是应能力而产生。”多项技能让我有了增加收入的机会。

能力也促使我在不知不觉中活成了一名“斜杠”青年：青年作家、摄影师、设计师、网络摄影老师、自媒体人。多元化

身份让我每天就像一个女超人一样奋斗不止，多重身份实现了我的多渠道收入，我成了自己的老板，多劳多得，越努力越幸运，越幸运越努力。

但不管我的身份有多少，写作永远是我生命的重心。上午的黄金时间，我会让自己静下心读书、写作，除非有大事情要处理，我上午一般处于与世隔绝状态，争分夺秒写文章。2018年10月，我的新书《你的人生终将闪耀》出版上市了，是励志随笔集。这本书卖得很好，上市几天1万册就不够卖了，出版社又紧急加印了5000册。这本书带给了很多年轻人追梦的力量，也带给了我一笔颇丰的版税稿酬。

吃苦，永远是通向财富自由的必经之路

雪小禅老师曾说过，我最大的优点就是勤奋，不怕吃苦。

2018年的7月和8月，我一直在路上旅拍，途经济南、青岛、深圳、呼伦贝尔、喀纳斯、乌鲁木齐、敦煌、兰州、甘南藏族自治州郎木寺等地。我用镜头记录美人、美景。朋友们都很羡慕，说我把日子过成了她们心里的梦。

然而，这梦并不如她们所见的那般美好。

我背着摄影器材去内蒙古呼和浩特给20位姑娘进行旅行跟拍，每天要进行大量的拍摄，我的脖子上挂着两部相机，来回换着拍照。我一心想着如何将客户拍得又高又美，所以拍摄的时候全然不顾及自己的形象，蹲着、趴着、跪着……姿势各种各样。因为水土不服，我半夜拉肚子，身体虚弱，可是白天强忍住身体的不适，靠药物支撑着身体，依然努力拍摄。

拍摄过程辛苦，行李也是大难题。我随身的行李极重，有行李箱、相机包、电脑包……加起来接近100斤。我100多斤的姑娘带着100斤的行李赶往一座座城市，路途艰辛，苦不堪言。一路上，我坐过飞机、高铁、火车、大巴，有时候甚至一天之内要坐两趟飞机，赶赴两个不同的城市。一个人赶路时，时常是左手拉着行李箱，肩上背着电脑包，脖子上挂着相机，右手拿着随身包，这些重量加在一起并不是一个姑娘所能承受的，可是我总是咬着牙默默赶往下一个拍摄地点。

有一次我带着行李赶飞机，走得太急，机场地板很滑，身上承受的重量太大，在下楼梯时一不留神摔了一跤，身子直接趴在了地上。我爬起来的第一件事是去看电脑有没有破损，确认所有行李无事后一瘸一拐地拖着它们往前走，完全忘记查看自己是否受伤。直到当天晚上临睡前，我才发现双腿的膝盖上有两块乌青。当我像女超人一样带着我的梦四处奔走时，我再也不是那个温室里的小公主了，我的双手变得坚韧有力量。

每一次客户支付拍摄费用时，我都领得相当有底气，因为每一分钱都是我用双手辛苦挣来的，对于生活，我更加有信心。也是因为我吃得了苦，财富的大门才会渐渐向我敞开。

坚持一件有意义的事情，它会给你意想不到的收获

从2014年开始至今，我的公众号每天都会更新，我也不间断地书写与发布。写作对于我来说是一件特别快乐的事情，所以我坚持每天都写，哪怕除夕夜也不例外。这个公众号背后还有一支很强大的编辑团队，这些编辑因为共同的文学梦与我一

起努力做着这件事。

我们坚持了整整 3 年，没有一天间断过。当许多自媒体靠广告费挣到钱的时候，我依然不曾想过它会给我带来任何收益。

但是就在 2018 年的 11 月，我们的公众号在短短一周之内广告收入就突破了 5 位数。不是我们找的广告商，而是广告商主动联系到了我们，让我们有了获取收入的机会。我突然领悟到，只要你坚持去做一件有意义的事情，它就会带给你意想不到的收获。

我把一半的广告收入分给了副主编，因为她一直都帮我运营公众号，在明知道没有报酬的前提下，她仍然坚持，仍然努力。因为这份赤诚之心，我愿意把公众号的创收与她一起分享。

给自己的知识与能力投资，你才是自己最可靠的天使投资人

当我靠着自己的能力挣到一笔钱的时候，我总是不忘为自己的知识与能力投资。

每个月我都会给自己买几箱精选的书。是的，不是一本本，而是一箱箱。文学类、艺术类、哲学类、心理学类、理财类等，其中摄影书最多，因为我需要在网络上为学生讲授摄影知识，所以我必须有随时随地增长自己摄影知识的意识。只有自己的才学不断丰厚，才有资格去指导他人，才能产生更多的价值。

书买回来之后，我就一本本地看。我每天早早起来，第一件事也是看书。阅读也是一种自学方式，我在阅读的过程中慢慢成为自己。我的藏书越来越多，已近万册，阅读这些书籍让

我汲取到了更多智慧。一位智者曾经说过："一个人是他读过的所有书的总和。"

因为要给客户拍摄，所以我为自己购买了最适合拍摄人像的相机与镜头，价格都在 5 位数以上，但是我从不心疼。因为我相信，将来的收获将是投资的两倍，甚至更多倍。

我喜欢用手机听一些线上的课程，每个月都会购买一些优质微课，关注种类繁多：普通话、演讲、写作、营销、打造个人品牌……有时候我一边洗脸护肤，一边用手机听课程，从不愿意浪费一分一秒。

也是因为我日复一日的精进，我的综合素质得到了很大的提升，个人的 IP 也有了突破。

我一直想在家乡开一家特色精品民宿，但是百万的投资对于我来说就是天文数字，所以只能作罢。没想到一家本地的旅游公司 CEO 看中了我的影响力与才华，愿意投资一笔钱开这家专属于我的民宿。机会总是留给有准备的人，我没有寻找机会，机会却找到了我。

我的第二本书叫做《当茉遇见莉》，所以我将民宿起名为"遇见美宿"。

"遇见美宿"，坐落在湘西边陲一个安静祥和的千年古镇——浦市，是一个占地面积 600 多平方米的中式庭院建筑。

2018 年 5 月 8 日，我在湘西浦市倾心打造的民宿"遇见美宿"开始试营业了。当天，我在"湘西遇见美宿"公众号上发表了一篇文章——《28 岁女作家在湘西千年古镇开了一家充满美意的民宿，她把日子过成了无数人的梦想》。这个公众号刚申请，只有1000多名粉丝，可是万万没想到这篇图文打动了无数人，短短24小时就获得了30万的点击量，我的民宿也变得异常火爆，一房难求。

依托国家历史文化名镇浦市古镇厚重的历史底蕴和独特的文化气息，“遇见美宿”兼具得天独厚的文化和地理优势，再加上我的个人感召力，它迅速成长为湘西地区首家集文艺沙龙、摄影、休闲和住宿为一体的新生活体验地，更成为新时代、新慢生活的诗意栖居地。

仅仅用了一年时间，“遇见美宿”就获得了“2018年度湘西最佳特色民宿”与“大湘西最美民宿体验点”的荣誉。

我用文字、摄影与自媒体推广的优势，让家乡的民宿迅速成为湘西的“网红民宿”，旺季时一房难求。全国各地的朋友不远万里来到浦市古镇，只为在民宿见我一面，看看我亲手打造的理想庭院，听听我一路追梦的故事。

更让我喜悦的是，因为这样一家民宿，更多人知道了我的家乡浦市古镇，我为家乡的旅游发展做出了自己的一份贡献。

有朋友说，你真幸运，能遇到赏识你的天使投资人。我非常感谢投资人，但是我更感激自己，如果不是自己求上进且日日精进，最终成为一个能够创造价值并且有影响力的人，哪有现在的机会？

我一直坚信，我才是自己最可靠的天使投资人。

其实经营民宿的盈利并不是很多，因为淡、旺季非常明显，但是我通过这个平台认识了更多优秀的人，增加了自己的领导力、沟通力、社交力，拓宽了人脉与视野，这其实比金钱本身更为宝贵。

挣钱并不是目的，它只是你获取幸福的一种途径

记得曾有一个身家过亿的老板对我说过一句话："永远都不要小瞧一个拥有财富的人，因为只有智商与情商都具备，才能成为一个持久富有的人。"由此看来，想要增加自己的收入，不仅要有一技之长，或者身有数技，还需要在智商、外表、人际交往等方面不断提升自己，缺一不可。

谈钱其实一点都不俗气，尤其是靠自己的才能与智慧获取金钱。生活，既要有高雅情趣，也要有油盐柴米，这才是多姿多彩人生的正确打开方式。

财富自由的人，可以实现自己心中的理想，可以带给家人更优质的生活，可以去任何想去的地方，可以买任何想买的东西，甚至可以为自己的家乡、社会奉献一份力量。

所以，挣钱并不是目的，它只是我们获取幸福的一种途径。就像德国顶级理财大师博多·舍费尔说的那样："金钱应该为我们提供这样一种可能性，一种我们可以过上自己想要的生活的可能性。但还有一点无可否认：金钱可以使人更接近幸福的生活。"

债务还清之后，我将家里的院子装修了一遍，实现了父亲多年来的愿望。我为父亲买回他最爱的书，为母亲买回最适合她的护肤品，让她在五十几岁的年纪依然容光焕发。邻居都说我父母有福气，有这样懂事、有能力的女儿。

2017年秋天，我遇到了人生伴侣，他是一个特别优秀的暖男，是我一直在等待的人。我曾问过他，最喜欢我哪一点，他说："喜欢你面对我时的小鸟依人，面对事业时的雷厉风行。你总是能独当一面，不让我操心。"因为精神与物质独立，他在深爱我的基础上，又增添了一份尊重与自豪。

如果不是那年背负在身上的那笔债务，我估计现在还活得昏昏然，一心只想依附别人生活。但是现在的我已经脱胎换骨，变得独立、果敢、有担当。

有时候，人要有置之死地而后生的勇气，才有机会翻盘。一个人只有把自己往地上砸，才有反弹的机会，砸得越狠，弹得越高。我们不要做脆弱的花瓶，一摔即碎，而是要成为有弹性的篮球，用底气与智慧让自己在大地上反弹得更高、更远，实现人生的华美蜕变。

这是一个互联网时代，不管你的出身如何，不管你的家庭背景如何，不管你的学历如何，只要你能抓住机遇，充实自己、改造自己，拥有财富是一件并不困难的事情。

在短短一年的时间内，我通过自己的勤奋与智慧，从负债累累到实现了财富与时间的自由。在这个过程中，我获取的不仅有物质上的财富，更有精神上的财富。

我可以，你也可以。

一切才刚刚开始，拼劲向上，精彩的未来，指日可待。

一生只爱一个人，一生只专注一件事

我对书籍有一种近乎痴狂的爱。

十年来，我买书、看书、写书。不能想象，如果失去书，我的世界会变成什么样子。只有让我与它们在一起，我才能感到活着的喜悦。

我不断地收集各类书籍：文学类、摄影类、美学类、书法类、生活方式类……创作者必须用自己的作品来说话，而创作的功力贵在日常的积累。想要写出好的书，拍出好的作品，则需要不断地丰富自己的知识体系，提高审美水平，让自己无时无刻不保持对阅读的渴求。

别人都说我是书痴。

阅读会让你迸发出前所未有的力量

读研时，我住在四人间宿舍，书柜装不下书，就装进床底的纸箱里，甚至在床靠墙的那一面也堆上了一摞一摞的书。

去台湾研修那半年，我在书店淘了许多繁体字的书，邮政快递回家，运费比书还贵，可是我依然欢喜，将这些书视若珍宝。

教书时，学校给新来的老师安排了单间宿舍，我去看了一眼便决定自己另租房子，因为房间根本放不下我的书。于是，我在学校附近租了个两室一厅，自己睡一间房，另一间房的床上整整齐齐地码着我挚爱的书籍。

辞职归家后，每日清晨我都会与书为伴。这于我来说，是一天中最重要的事。

吃过早餐，父亲与母亲便在一楼看书，我在二楼的书房看书，互不打扰。父亲二十年如一日地研究梅花，读的都是与梅花文化相关的书籍，若在书中遇见他想要的资料，便会高兴得咧嘴直笑，嘴边的两撮胡须也会上下颤动，然后马上写在笔记本上。父亲一生只爱一个人，一生只专注一件事，真是让我敬佩。

母亲大多会看一些养生类、科学饮食类、健康管理类的书籍，她会从这些书籍里获取保养身体的各种知识。她经常戴着老花镜坐在院子里看书，晨光穿过密密匝匝的香樟叶，洒在她的卷发上，洒在纸页上，伴随着香樟树上不时传来的叽叽喳喳的鸟雀声，一幅岁月静好的油画翩然而生。

二楼有我与父亲这些年积累的藏书，万册有余。

书柜放不下，就将书堆在电视柜上、茶几上、桌子上、凳子上。问题是，我还在不停地买。

小镇没有书店，所有的书都是从网上买回来的，书到了家门口的代收点，常常是父母亲用竹篓将一箱箱的书背回家，然后帮我拆开包裹，再把每一本书的塑封撕掉。他们知道女儿的嗜好与执念，因而义无反顾地支持着我，这对我来说，是天底下最大的幸事。

生活的小镇没有图书馆，我们就倾尽所有把自己的家打造成一个拥有万卷藏书的“伊甸园”。我在阅读中不断获取养分，拓宽视野，在书页翻动之间，日日精进。

读书可与古今中外无数圣贤哲人交流，不受时空限制，可使智慧逐渐增长，怡情怡性。毕淑敏曾如此描写阅读的益处：“作为阅读者，我们还处在生命的不断蜕变之中，卵蛹里可能飞出美丽的蝴蝶。在阅读中，我们被征服。我们更在较量中蓬勃了自身，迸发出从未有过的力量。”

阅读总能带给我写作的灵感，当灵感悄然而至，我便放下书籍，伏案书写。一篇篇文章自然而然生成，一本本书也得以面世。读者朋友们通过阅读我的书，与我在纸间相遇、相知，感知到那份暗藏在文字中的福祉。

我们一家人无宗教信仰，可是我们都把书籍当作灵魂深处最重要的神来膜拜。“书中自有黄金屋”，我们因为有对书之信仰，家更为和睦，处处都有情、有义、有爱。因着这份对书的痴心与坚守，我们家被评为了“书香之家”。

父母因为博览群书，渐渐地言行举止都带着文化气息。

父亲儒雅随和，笑容可掬，不管何时都给人可亲可近之感，与人随意闲谈，引经据典更是信手拈来。母亲温柔贤淑，即使我有做错之处，她也不会“大动干戈”，总是心平气和地和我说道理。我生性爱自由，选择的道路总是与世俗既定的不尽相同，父母亦不人云亦云，能用大海般宽阔的胸怀、包容的心接纳我的心之所向，并且给予我爱的支持。

每当我看见邻居家的大人对冒冒失失的小孩怒骂呵斥、拳脚相加之时，总是庆幸自己有如此智慧的父母。“知书”才能“达理”。他们常年生活在偏僻小镇，却有着阔达的格局、恢弘的气度与超凡的见识，这都得益于日复一日的阅读。

这，就是阅读的力量。

阅读是人生跃迁最快的方式

2018年秋天，我与爱人闫凌喜结连理，在浦市古镇有了属于我们的新家。新家三室两厅，一间为我们的卧室，一间是我先生的工作室，一间是我的书房。我们都是自由职业者，有时候也分不清何时为生活，何时为工作。但幸好我们所做的都是我们喜爱的事情。

如今，我与先生在我们的新家过着童话般幸福的生活。每日清晨，我们在各自的房间看书，虽有一墙相隔，可我们的灵魂依然相通，分秒不离。他从前喜欢看电子书，遇到我之后又重新爱上了阅读纸质书。这样的阅读很慢，但慢中有静，有更为深入的思考。

在阅读的日子里，每一天都是美好的。

清晨睁开双眼，不管是看到倾泻在窗棂的暖阳，还是听到淅淅沥沥的雨声，我都对新的一天充满了喜悦与期待。

我期待在阅读中，能拨通古今天地间的智慧之线，与先哲对话；我期待在阅读中，能拨开云雾见青天，获取点滴精华，遇见更为通透、智慧的自己。

可以说，没有十年如一日的阅读，我现在就不会过上理想中的生活。阅读给了我源源不断的智慧与勇气，让我自律、乐观、积极进取，从一个自卑的小镇女孩蜕变成了一个拥有智慧的、独立的女性。

我希望有更多的人能捧起书，遇见更好的自己，创造更好的生活。

阅读的益处

阅读可以增长知识

阅读优质书籍，我们能掌握许多新知识，眼中的世界会从“点”变成“线”，进而扩大到“面”。

通过阅读，获得的不仅是科学、社会、历史、艺术等方面的知识，还有智慧的生活方法。阅读不仅能让我们知道如何才能好好活着，也能让我们领悟如何才能更好地生活。

比如生活在小镇的少年，因为成长地域的局限性，从未去过博物馆，更没有欣赏过世界级大师的名画，但是他同样可以通过阅读“参观”卢浮宫博物馆，亦可欣赏达芬奇创作的名画《蒙娜丽莎》。

世界上大多数卓越的人都懂得从书本上挖掘“宝藏”。

2011 年，股神巴菲特在股东大会上说：“学习投资很简单，只要勤于读书就行了，我的工作是阅读。”巴菲特从书中汲取了专业知识，他将这些知识活学活用，最终成为一代股神。

阅读可以提高表达能力

不读书的人与经常读书的人在语言表达上是完全不一样的。

不读书的人看到一个漂亮女孩子，只会赞美她“真好看”，经常读书的人会赞美她“有美一人，婉如清扬”；不读书的人登到山顶，只会感慨“真高呀”，经常读书的人会感慨“会当凌绝顶，一览众山小”；不读书的人看到阳光照进房间，拍了一张照片发朋友圈，只会配上文字“阳光好美”，经常读书的人会写下“光从窗棂倾泻下来，像一首聂鲁达的诗”……

经常读书的人表达起来会更准确、更优美。

阅读可以带你走出人生困境

阅读能让你在直面人生的困境时找到精神支柱，使你明悟到眼前的这一切不顺都会过去。从我这十几年的读书经验来看，不管遇到什么样的困难，你都能在书中找到面对它们的勇气和解决它们的方法。

如果你觉得自卑，你可以从励志类的书籍里找到自信；如果你身心抑郁，你可以从心灵类的书籍中让自己重新变得快乐；如果你失恋了，你可以在恋爱类的书籍里摆脱这段带给你疼痛的关系；如果你与青春期的子女发生了冲突，你可以从亲子类的书籍里学到许多养育子女的方法；如果你感到内心孤独，你可以从文学类的书籍里获取精神的养分……书籍里藏着通向幸福生活的密码，等着你翻开书籍，找到它们。

作家斋藤孝曾在《深阅读》一书中表达过阅读对人产生的积极引导：**“读书不仅能让我们从作者身上得到能量，它还能像吸水纸一样，能吸走我们精神上的负面能量，使我们内心淤积的压力得以减轻，从而保持心情舒畅。”**

阅读能让你拥有精神力量

我们需要运动，这样才能身体健康、体力充实，而这种与体力相伴的精神力量也是不可或缺的，它会带给你截然不同的思考能力，助你树立正确的价值观。

普通人很难与高端人士接触，但是我们可以通过阅读、倾听他们的思想，与他们对话，并受到启发。

读《论语》，了解什么是“学而不思则罔，思而不学则殆”；读《红楼梦》，体悟人与人的相处之道；读《老人与海》，感受到什么是坚强的意志与乐观主义……

著名作家林语堂说:“读书能让人得新知,增学问,养性灵。”所以，让我们一起来阅读吧，在阅读中，我们可以不断地发现自己、检讨自己、提升自己；我们可以与精英们一起分享精神的盛宴，汲取前人的精华；我们可以学会更加理性地生活和思考，去发现人生的更多可能。

什么时候看书

利用碎片时间

只要我出门，包里就会装上一本书。搭乘地铁、高铁、飞机的时候，我会拿出书，独自沉浸在文字的世界里。

如果你觉得带书太麻烦，也可以带上类似于 Kindle 这样的电子书阅读器，这种阅读器的墨水屏对眼睛的伤害很低，能让我们更为便捷地阅读许多好书。像我这种对纸质书情有独钟的人是永远不碰电子书的，手指碰触书页的温情，是任何一款电子书都无法替代的。

我还有一个习惯，就是听书。我在准备早餐、洗漱、洗衣服等时，会打开手机听一些主播读书或者一些好文章，这是现代科技带给我们的便利，我们随时都可以利用碎片时间学习。

早起看书

“一日之计在于晨”，早起读书是一个好习惯。早起阅读，没有任何人和事能够打扰到你，你可以完全沉浸在书籍带给你的幸福中。合上书再去迎接新的一天，感觉生活中的一切都充满了希望。

我每天的阅读时间就是从早晨开始的。那时候非常安静，只听到窗外的鸟鸣，我打开书房的灯，徜徉在书海，身心都是愉悦的。这是我一天中与自己单独相处的幸福时光，阅读让我不忘初心，活出自己最理想的状态。

睡前看书

许多人有睡前玩手机的习惯，我们可以将这个习惯改为睡前阅读。我们可以在晚上 10 点就关闭手机网络，给自己一段清静的时间去翻阅书籍，将这段时间定为读书时间。但是这里不建议大家熬夜看书，凡事都要有度，如果超过了那个度，对身体就是一种损害。为了确保身体能在正常时间排毒，尽量 11 点就放下书本，进入睡眠状态。

看什么书

专业书

作家秋叶曾说过：“在现代社会，每个人都得把懂一门技术作为安身立命之本，那么这一类方向的专业书你得通读，不管是经典原著，还是最新趋势，你都得跟踪学习。”阅读专业书籍，能让你的专业能力日日精进。

比如我专注摄影后，买了几百本摄影方面的书籍，涉及摄影历史、经典摄影作品解析、知名摄影师传记、各类摄影技巧、摄影师访谈、摄影随笔……我从中汲取到许多知识与最新信息，我的摄影技术提高了，吸引越来越多的人找我拍照；我的摄影教学能力提升了，每一期网络摄影课堂都有几百名来自全国各地的摄影爱好者报名参加；我很快出版了自己的第一部摄影文字集《向美而生》。这一切都归功于阅读。

致用类阅读

投资理财、减肥塑身、园艺种植、职场解惑、健康饮食等类型的图书，对你当下的人生会有直接的帮助。

如果你是一个被肥胖困扰已久的人，可以在减肥塑身类书籍中找到减肥的有效方法；如果你刚进入职场，没有工作经验，可以在职场类书籍中找到提升职场能力的捷径；如果你在一段感情中不知如何与对方相处，可以在婚恋类书籍中找到令感情升温的妙招……这些为了解决问题或者提升能力而进行的阅读，都可以称为“致用类阅读”。

你阅读一本书的动机越明确、越强烈，最终能化为己用的知识就越多。

经典名著

那些可以称之为经典的书，被不同时代、地域的人相继阅读至今，自然具有值得探索的深度。经典名著通常都不容易读懂，它需要你具备理解经典的阅历和知识积累。

比如你拿到厚厚一本《红楼梦》觉得读不进去，可以做三种尝试。一是不要囫囵吞枣一下子看完，可以一天看一章，经典的书都需要慢慢品读，才能悟出其中的深意。二是在人生不同阶段重新阅读，你的阅历与学识不一样，读一本经典名著的收获就不一样。十几岁读《红楼梦》读的是故事情节；二十几岁读《红楼梦》或许你就能读出中国古代思想的“真善美”；等你满头白发再重读《红楼梦》时，或许又能读出其中的苍凉况味。三是可以去看名家对经典书籍的解读，名家能用通俗易懂的言语告诉你如何去理解这本名著中的细枝末节，从细微处为你指出人生的哲理。

视野书

很多人喜欢读固定类型或固定作家的书，这样太有局限性。我们可以扩大自己的阅读范围，选择不同作者、不同类型的书，以此增长见识，挖掘新的阅读兴趣。文学、心理学、管理学、传播学、哲学等各类书籍都可涉及，多读杂书能让你打开视野看世界，成为一个有趣的人，你对万事万物的观察和思考会变得多维度。

接触书籍的途径

去图书馆借书

如果你是在校学生，那么你可以去学校图书馆看书、借书。如果你是社会人,生活在城市,可以去当地的图书馆看书或借书。

图书馆藏书都很多，而且分门别类地摆放，你可以先凭着感觉挑选想要阅读的书。遇到符合自己喜好的书,可以深入阅读。

去实体书店选书

图书馆藏书多、品种多，但更新慢、新书少。这时候书店的优势就显现出来了，你可以在书店的醒目位置看到最新的和热销的书。

抓住机会广泛地阅读，深入地思考，从阅读中发现自己的兴趣与志向。

书店是“引起兴趣的空间”，在书店遇见的一些新书会让我们萌生对未知领域的好奇心。

去网络书店买书

如果你没有时间去实体店买书，可选择在网络书店买书，方便快捷，折扣也多。

我常常在网上书店一箱箱地购书。选书时会留意网上书店的排行榜，特别是新书热销榜，可以第一时间知道刚面世的好书。

我每年买书的钱都超过了5位数，可我却不曾心疼过，因为这属于自我投资。事实上我真的从大量的阅读中获取了知识，提升了自己各方面的能力，年收入每年都在呈几倍的趋势增长。“书中自有黄金屋”，一个懂得将书中知识活学活用的人，不管是物质上，还是精神上都比同龄人更为丰盈。

如何读书

勾画重点，找出精华部分

勾画重点，找出精华部分，摘抄于笔记本，书才会成为你一生的宝贵财富。阅读时如果发现意味深远的句子，可以摘抄到一个本子上，有空时再翻出来慢慢阅读，最终使它们内化为自己的思维。

“输出”，让阅读变得更深入

阅读是自身对知识与信息的“输入”，那如何“输出”呢？

我们可以找到许多方法去“输出”知识与信息，写读后感、写相关文章、做演讲、在读书会中与人分享等“输出”实际就是锻炼你的整体思维能力的过程。当你认真梳理知识时，它们才真正被你理解，为你所用。

对于我自己来说，因为要写书，所以我会有计划性地输入知识，进行主题阅读。比如我想在书中写一篇关于时间管理的文章，我就会买回许多时间管理方法类的书，这些书能让我的写作在结合自己的亲身经历的同时拥有许多专业理论知识的支撑。

因为写书的缘故，我一年会看几百本书。写书也是一种输出，让我更有效地在书本的海洋中汲取养分。在阅读与书写的过程中，我的思维逐渐拓宽，格局逐渐打开，智慧逐渐提升。我懂得了如何去经营好自己的感情，经营好自己的事业，经营好自己的人生。

现在想想，**这或许是阅读给予我的最大的奖赏：帮我培养了一颗向善的心、一颗感恩的心、一颗平和进取的心。**

读书养性。读书可以使你变得温文尔雅，读书不仅能充实自己的头脑，而且能让自己更有内涵、更有修养。阅读能让你遇见更好的自己，创造更好的生活，成就不一样的人生。

愿你在这个快节奏的时代，能时常与书为伴，寻到书背后的清流，以更为平和、智慧、明朗的心去重塑自己的人生；愿你过上自己理想的生活，想要的都能得到！

为什么越来越多优秀的人都坚持早起

你是坚持早起的人吗?

我是。我坚持早起已有十年。

我喜欢早起。早起的时间里，就着一份安静与美好，做着自己喜欢的事，心里满是安宁与适意、充实与愉悦。每一个凌晨的 5 点 45 分，我准时从床上弹起，简单梳洗，便静坐桌前，或冥想，或读书，或写作，春夏秋冬，不停不止。有时，望着天边还未隐去的启明星，听着鸟儿婉转啁啾，蛙叫蝉鸣，顿觉时光静止，万物独属于我。心静如水，文思泉涌，那些方方正正的文字便轻轻松松地流淌于指尖。

走在时间之前的人都成功了

我必须早起。我是一名写作者，上午 9 点至 12 点是我在书房写书的时间，但很多时候，这段时间是不可控的；我是摄影师，有客人千里迢迢赶到我的家乡让我拍照，我就需要把上午这段宝贵的时间拿来拍摄；我是民宿主人，民宿有重要的客人入住，我就必须马上放下手中的笔，走出书房，接待客人；我是自媒体人，公众号需要在规定的时间对接广告商，我就需要在写作之余抽出时间去处理这些紧急的事情……角色不同，责任不一。除去这些不可控的时间，唯有早起坚持书写，才能保证我的书稿在规定的时间内完成。而我每年都能出版一本以上的新书，也正是因为我坚持早起。

也许你会问早起真的那么重要吗？真的，非常重要。早起不但能带给你美好的时光，还能带给你健康的身体和工作的成就。

早晨，是一天中人的精神处于最佳状态的重要时刻，是大脑细胞最活跃的时间段，这时的一个小时可以顶三个小时，被称为大脑的“黄金时间”。如果利用这段时间去专注做事，效率在一天中就是最高的。“一日之计在于晨”，早起，把握住这个重要时刻，充分利用这段时间去做最重要的事情，往往能够让我们有机会得到自己想要的东西，进而获得一定成就。

有别于因加班、社交、打游戏、玩手机、追剧等习惯于晚睡晚起的一些人，我更喜欢早睡早起。一段时间的身体透支造成我的健康状况不佳，我深知长期晚睡晚起对身体有极大的伤害。从科学的角度来看，身体器官的排毒时间是在晚上，晚睡会错过这段宝贵的时间。此外科学研究也表明，晚睡晚起的人更容易身患疾病，精神压力也特别大，而早睡早起的人会更健康。

能够早睡早起，并能充分把握、利用早起的时间，除了让身体更健康外，还会让人取得一定成功。细数人生，你会发现很多优秀的人（各行各业的成功人士）都会坚持早起。香港首富李嘉诚 5 点 59 分起床锻炼身体；万达董事长王健林 4 点起床运动；百事可乐前董事长兼 CEO 斯蒂夫·雷尼蒙德通常每天 5 点起床跑步……总结下来不难发现，他们深知早起的重要性和运动的益处，并能高效利用早晨这段黄金时间。雷尼蒙德说：“我期盼自己的早晨，珍惜自己的早晨，它是我的私人时光。”当绝大多数的普通人还在赖床的时候，那些一流的成功人士已经完成了多项日常活动，走在了时间的前头。

劳拉·万德坎姆在《一流成功人士早餐前都做什么》一书中写道：“一流人士利用他们的早晨时光来做下列事情：第一，发展事业——筹划未来并专心工作；第二，增进人际关系——把自己最好的一面献给家人和朋友；第三，滋养身心——锻炼身体、陶冶情操，从事创造性的实践活动。”

劳拉的话告诉我们那些优秀的成功人士是如何利用早起的时间的。原来，早起还能滋养身心、增进人际关系、发展事业，这些何尝不是一个人在社会生存中该具备的核心竞争力啊！我想只有在凌晨工作、学习过的人，才能体会到这种难以言表的成就感吧。

亲爱的你，请早起，让自己成为时间的主人。在早起的美好时光里，在独属自己的空间里，自由自在地做所有自己热爱的事。

如果你热衷于运动、健身，你可以早起，在每一个晨曦初露的清晨与自然相拥，与瑜伽相伴，与太极相携；如果你醉心于文学艺术，你可以早起，在夜色未褪尽时伴一室灯光，品一茗香茶，读一卷书，写一篇文，作一幅画，吟一首曲，跳一支舞；如果你痴迷于学习英语，你可以早起，静静地，一个人读单词、练口语、背文章……

因为热爱，你会发现，叫醒你的不再是闹钟，而是热爱引发的自然驱动。热爱已成为你早起的推动力，“想去做”的声音是那么洪亮，久而久之，你的行为便内化成一种习惯。你也会发现，因为早起，自己总是比别人拥有更多的时间，利用这段时间坚持去做“专注性工作”，不知不觉中硕大的果实竟挂满了理想的枝头。

早起的人幸福感更强

我曾经算过一笔账，如果凌晨5点钟起床，距离7点30分还有两个半小时，一个月积累下来就是75个小时，一年就有900个小时，约等于38天，每10年就能多出1年的时间，50年就能多出5年，相当于你比别人多活5年。那么，这5年是完全属于你自己的自由时间，你想怎么过就怎么过！亲爱的你为什么不让自己拥有这样的5年呢？

我的朋友小凯，之前是个胖子，通常早上8点才起床。为了瘦身，他坚持早起，做各种有意义的事情，每天坚持跑步，做健身运动。后来，他不但成功减重20多斤，人也变得积极向上了。他说：“是早起的好习惯让我收获这么多。”

早起能让人变得优秀，而优秀的人一般也都有早起的习惯。

著名小说家村上春树每天 4 点起床，他曾在接受一家纸媒采访时说：“写长篇小说时，基本是凌晨 4 点左右起床，从来不用闹钟。泡咖啡，吃点心，接着就立即开始工作。尽量不要拖拖拉拉，我每天重复着这种作息，从不改变。天长日久，这种重复本身变得很重要，我沉醉于自我，进入意识的更深处。”此外，每天写作五六个小时后，他还会跑上 10 公里，他懂得作为一名职业小说家，头脑和身体健康同等重要。

同样，很多优秀的女性也都习惯坚持早起。“趁早”公司创始人、畅销书作家王潇就提倡女性要用早起的时间去提升自己，她曾表达过自己对于早起的看重：“每天的清晨是绝大多数人的自由支配时间，用这段时间去做重要不紧急的事项，或者那些拥有高收益的事情，如阅读、写作、锻炼、学习等，你的才学、外表、人际关系、收入、体验，都是由这些事情完成的。”真的是这样，时间投资在哪里，回报就在哪里。

另一位我认识的作家张萌也是每天早上 4 点起床，她会先列出当天的计划清单，早早拟定好行程表，再对前一天的时间花费做出反思，以便对当天的时间管理做出合理的调整，最后她会践行“一万小时定律”，坚持训练写作、阅读和演讲能力。正是因为坚持在清晨的时间里做最重要、最喜欢的事，至今她已出版了 6 本书。

新女性主义作家李筱懿每天早上 4 点 45 分起床写稿，她用半年的时间写下 35 万字的小说。她是卓有成就的新时代女性：她写的书畅销百万册；她创办的公众号坐拥百万粉丝；她创建的公司年收益惊人。最重要的是，她一直在给女性读者传递一种观念：“成长比成功更重要。”她在39岁生日那天的一篇文章里写道：“我突然发现这4年中，其实我是过着最简单不过的生活：每天4点40分起床写稿，其他时间管理公司，和家人共处，约见为数极少的多年老友，几乎没有应酬。别人眼里苦行僧一样单调、严谨的生活，在我看来是简单而幸福的。一万小时练就了我的核心竞争力，如果没有来得及从20岁规划人生，那么从40岁开始也不迟。人生之中，没有最晚。最糟糕的事，莫过于永远停留在原地，空想而不实干。”

看吧，如此优秀的女性依然自律，坚持早起提升自己的核心竞争力，我们这些还在努力攀爬的人是不是更应该学一学她们身上的那股拼劲与狠劲，去创造属于自己更为精彩的人生呢？

每一个有梦想的人都应该做脚踏实地的实干家，而不是活在云端的空想家。没有什么能比感受梦想拔节生长的声音更加美妙了，看见自己一点一点变成喜欢的样子，内心是充实、踏实和满足的。

有一种高度专注的状态叫作“心流”，在这种状态下，人就像流水一样顺畅地工作。早起的那段时间最容易进入这种美妙的“心流”状态之中。早起的人会合理安排自己的时间，并规划好一切。用1~2个小时做完重要的事情后，悠闲地吃上一顿营养丰富的早餐，从从容容地去上班，这是一件多么美好的事啊！新的一天，因着早起的美好，无论天气阴晴，心始终沐浴在暖暖的阳光里，明朗而快乐。每一天都精神饱满、热情四溢，工作也会事半功倍。

相对于早起的人，每天赖床的人是怎样的呢？他们通常没有时间规划，晚起直接导致他们起床后火急火燎地赶去上班，早餐敷衍对待，卡着点到公司或单位；心情还没平静下来就投入到紧张的工作中，神经就会整天都处于紧绷的状态，每天重复着忙碌而又疲惫的生活。

心理学中把早起的人称为“百灵鸟”，而晚睡的人则被称为“猫头鹰”。“百灵鸟”和“猫头鹰”的差异显示了典型的左右脑分割状态：一边偏重分析与合作，另一边偏重想象力和个人主义。“百灵鸟”更自我，也更和蔼，更少出现“黑暗性格”，心态更加健康和阳光。他们会给自己定较高的目标，也会对未来展开更多的规划，幸福感也更强。与“猫头鹰”相比，他们不太容易抑郁或沮丧。看来，学会合理利用早晨的时间是成功与平凡的分水岭。

或许，优秀的人从来都不会输给时间吧！如何才能早起，保持身体健康，练就核心竞争力，实现人生的突破，做一只可爱的“百灵鸟”呢？我提供给大家以下 4 种方法：

第一，科学安排作息时间

想要早起，首先不能熬夜，早睡才能早起。建议晚上在 11 点之前躺在床上，进入睡眠准备状态，把手机放在离枕头较远的位置，调为静音，不要让外界干扰你。早晨几点起床因人而异，可以根据你自己的身体状态去定。

如果不能一下子早起，可以尝试慢慢提早，比如你平时是早晨 7 点起床，你在践行早起计划的第一天，可以提前 30 分钟起床，也就是 6 点 30 分起床，10 天后 6 点起床，20 天后 5 点 45 分起床，一个月后 5 点 30 分起床，最终找到一个最合适的起床时间并一直坚持下去，让它慢慢成为你的一种习惯。日复一日，直到体内的生物钟形成，那时候不用闹钟，你也能在规定的时间里自然醒来。

起床时，不要磨蹭，一睁眼就马上坐起来，不要给大脑思考是否要再睡 10 分钟的机会。起床后，计划当天的行程，要见谁，联系谁，有哪些事要去做，按照缓急轻重依次有序完成，接着开开心心吃早餐，然后出门或工作。

只要试过一天，你会发现，早起如舌尖蘸蜜，令人神清气爽，身心怡然。

第二，榜样的力量是催化剂

早起的驱动力很重要，因为这件事不是别人强迫你，抑或要求你这样做的，而是你自己为了变得更好而自愿去践行的。那么，如何才能轻松地做到呢？把一位践行早起的优秀精英当作自己向前的动力，就是很好的方法。首先在本子上写下榜样的名字，接下来看他的书籍和作品，听他的音频课程，关注他的公众号或微博动态。

这些卓越的人会在自己的文字作品与声音作品中传递出一种正能量，并且能提出一些行之有效的早起方法。这股强大的精神力量会促使你早起不再懈怠，时时充满激情。

靠近优秀的人，他们的美好品质和习惯会在潜移默化中深深地感染你。

第三，用许诺逼自己一把

许多人都有这样一个问题，就是心里很想早起，但是意志力薄弱，执行力很差。他们已经习惯优雅地躺在舒适圈，享受着安逸带来的悠闲，一旦打破常规，便感到力不从心。为了改变这个状况，你可以把自己每天早起的决定发到朋友圈或者告诉身边的亲人，对自己形成无形的督促。

说出去的话如泼出去的水，岂能轻易反悔？采用这样的方式，你就会获得践行早起的动力。人啊，有时必须要逼自己一把，这样才能反弹得更高。

不逼自己一把，你怎知自己有多优秀？

第四，用礼物奖赏激励自己

由于种种原因，人们虽然知道早起的重要性，但很难坚持下去，此时，可以使用代币奖励的方法。在一定的自我调控后，预期的行为即早起出现时，就给予原先已经规定好了的奖励，因此这种强化会与事情本身即早起产生联系，从而提高对早起的热情，也锻炼意志力。

为了奖励自己坚持早起，也可以给自己设定坚持早起多少天奖励一个很想要的礼物。如坚持早起一个月奖励自己一套心仪已久的书，早起两个月奖励自己一次说走就走的美好旅行，早起半年奖励自己一部昂贵的单反相机等。

时间效率管理专家张萌就是使用“18 个周期礼物法”，通过物质手段自我激励的。她说：“对自己进行及时奖励，以对自己的努力进行仪式上的肯定和回报，如此获得一定的成就感，会让人更有信心和动力去实现目标，最终得以从外部奖励转化到内部动力。”

激情只能点燃梦想，习惯才能成就理想。从凌晨开始就有条不紊生活的人，一定能掌握人生的主导权，成为一个积极、自信、充满活力的人。亲爱的你是不是也想活成自己想要的模样，遇见那个未知的自己？那么就从早起开始吧。每天早起 2 个小时，1 年就能多出 730 个小时的自我投资时间。在“百灵鸟”与“猫头鹰”的选择中，你会发现，早起会让你变得更优秀，也让你的人生变得更为开阔。

爱上早起，让美好的一天从早晨开始。

一个女人如何
拥有幸福且闪耀的日常

懂得日常的珍贵，便距离幸福又近了一些。

“幸福”这种感受，犹如朝露，短暂而值得回味，忆起来，总觉温暖，就像那一刻的自己，心突然有了归宿一般。所以，人们会将“幸福”作为生活的信仰，努力着、寻找着、珍惜着。有时是读一本书的某个瞬间，有时是看到镜子里的自己变成了心中想要的样子的那一瞬间，有时是被爱人亲吻的一瞬间，有时是独自旅行中的一个瞬间……

可能是慢性子的缘故，我总会与事物接触得更久些，所以温度、气味、光影、色彩这些都是宽容的，它们允许我多闻一会儿，多看一眼，多感受一分。我是幸运的，也是幸福的。

喜欢认真与它们相处时感受到的那份“闪耀”，喜欢这样温和而坚强的日常。心怀善美地与自己的身体相处，与自己的内心言好。外在的我、内在的我，都在不慌不忙地成长着，我心里欢喜着，生活继续着，人生继续着。

我喜欢爱惜自己身体的“自己”

以前的我总觉得“早睡”“养生”“病痛”这些词都是与老人连在一起的，我才二十几岁，它们与我是没有关系的。父母每次都会苦口婆心地叮嘱我早睡，我一边嘴上答应着，一边仍旧过着夜猫子的生活。熬夜这个习惯我持续了十年，轻易改不了，直到身体发出了可怕的信号。心慌、失眠、濒死感、绝望时常来袭。医生说是长期熬夜所致，我这才意识到我从不曾爱惜自己的身体，也内省到自己是与花草虫鱼一样的平凡生命，绝非寓言故事里的金刚不坏之身。

现在不需叮嘱，一到晚上 10 点 30 分，我就会准时将手机关掉，阅读，酝酿睡意，不管有多少事情需要处理，都会留到第二天再去完成，我也更加珍惜白昼的每分每秒。

身体是自己的，只有爱它，它才会给你更多的爱，支撑着你去实现更多的理想。所以，如果你和曾经的我一样有熬夜的习惯，请一定不断提醒自己爱惜身体。

懂得爱自己，才懂得爱与被爱。

我喜欢努力瘦下来的自己

小时候，因为一场意外，我不得已打了激素针，这让我一个暑假就变成了一个胖子，从此再也没有瘦下来过。那时，小伙伴们都不叫我的名字，而是叫我“李胖子”。因为肥胖，我非常自卑，内向寡言，总觉得自己不如别人。

2016年的冬天，我的体重达到了140多斤，走几步路都要喘气。

我下定决心要突破自己，我一定要看到自己瘦下来的样子。这一年的时间里，我试了许多种减肥的方法：跳减肥操、控制饮食、喝代餐粥、跑步……

终于我瘦了，现在的我足足减了30斤。瘦了之后，我更有自信了，给自己买了许多很美的旗袍。生命不息，减肥不止，我依然会坚持运动，控制饮食，与身体言好。

这个世界能改变自己的只有自己。肥胖不仅影响美观，还会增加患病的可能性，所以无论在什么年龄，都需自律。

民国“第一夫人”宋美龄也特别注重自己的体重，她几乎每天都会称体重，只要发觉自己的体重稍微重了，她就会立刻改菜单，只吃蔬菜沙拉。晚上8点之后，她绝不会让自己再进食。身高一米六几的她，体重一直维持在一百斤左右。她活到106岁，与她规律作息、规律饮食、保持体型有着很大的关系。

一位法国美容专家曾说过：“不要小看一个能够长久保持优美身材的女人，这通常是一个顽强和很有自制力的女人。”女人美丽的身影背后是她的素养。

我喜欢姿态优雅的自己

有气质的女人，有自己的姿态。如倾听的时候正视对方的眼睛，面对他人保持自然的微笑。

很多白领有颈椎病，很大一个原因就是长期不注意保持正确的坐姿，工作的时候总会弯腰驼背。为了远离颈椎病，无论坐着还是站着，都要保持抬头挺胸的状态。低头哈腰的时候，可以想着，每个女人都是天生的天使，肩膀上都插着一对翅膀，这样的感知会在不自觉中让我们优雅起来。

前阵子，我去参加了一个小学同学的婚礼。饭桌上，我与她的大学室友们同坐，席间被旁座的一位学音乐的朋友吸引了。行为举止间，她散发着犹如音乐般优美的气质。人会受身边环境的影响，我也忍不住挺直了自己的脊背。

优雅也是智慧的外在，智慧是气质的凝聚。

我喜欢坚持护肤的自己

一个女人不一定要化妆，但是一定要懂得护肤。每天坚持护肤的女人，与不护肤的女人是完全不一样的，用劣质的护肤品与优质的护肤品，效果也截然不同。

读大学时，我多用 100 元左右的护肤品，开始工作后，有了经济收入，护肤品的消费支出就在 500 元左右了。但我也不是盲目消费，我会分月为自己添置，比如这个月买爽肤水，下个月买眼霜等。护肤品主要是找到适合自己的品牌，因为有些女性是敏感性肌肤。购买预算范围内的最好护肤品，我想也是爱自己的一种方式。

面膜也要经常敷，特别是冬天，更要给脸部补水。面膜最好找一些优质的品牌。多试几次知名品牌的面膜，你就会找到最适合你的那一款。

我的母亲是一个小镇的女人，一直很节俭，从没舍得给自己买过护肤品。当我有了经济能力后，就会给她买高品质的眼霜、爽肤水、眼膜、面膜，她用了之后也觉得自己年轻了 10 岁，并且会跟着我一起坚持护肤。

因为你很“贵”，所以你值得为自己买“贵”的护肤品。

我喜欢与“阅读”惺惺相惜的自己

知识就像香水，与爱之者如影随形。当我们极其普通，当我们学历不高，当生活圈子狭窄，如何使自己内心丰盈？我想是阅读。

身边许多女性朋友说，平日里上班忙工作，下班忙孩子，并没有多少与书相处的机会。其实，只要热爱一件事情，你就会为自己创造一切的机会。如可以在把孩子哄睡之后翻阅几页喜欢的书，可以比平时早起 15 分钟来阅读，可以在坐地铁的时候看完一篇文章……我们要学会利用碎片时间去做觉得有意义的事情。并非每天要花大量时间阅读，哪怕你每天只抽一点时间，读一点文字，日积月累，精神也富足。

一个喜欢阅读的母亲，会给孩子潜移默化的影响。比如我喜欢读书、写作，是因为父母有一屋的藏书。在我小时候，晚上大家坐在一起不是看电视，而是围在火炉边阅读书籍、杂志。这对我日后痴迷阅读，走上写作之路产生了很大的影响。

我发现，我的母亲爱读书，所以她比其他母亲更有智慧、更开明、更优雅，也更懂得引导我。与我父亲相处时，她也会更包容、更知性、更有涵养。俞敏洪也曾说过：“阅读可以带来情怀、胸怀和气质。”

我喜欢心怀美与爱的自己

生活中，我喜欢与又美又有爱的女人相处，她们总会带给我一种心灵的愉悦。

2017 年 12 月中旬，我在吉首乾州的食闻书舍书店举办了一场新书分享会，之前我抽出一个中午的时间去与老板面谈了一些分享会细节的事情。书店老板与我同龄，是一个很美的女人。她与我说话时一直保持着自然的微笑，她将准备好的一份礼物递给我，是一条粉色的羊绒围巾，用一个很精致的盒子装着。在这个寒冷的季节，收到这样一份礼物，我感到很温暖。第一次见面，她便精心为我准备了礼物，这让我感受到了她的真诚与友爱。在平日的生活里，我喜欢与这些又美又有爱的女人做朋友，她们就像鲜花一样，能让我感受到人与人之间相处的芬芳。

所以，我也希望自己成为这样有爱的女人，写一些正能量满满的文字给读者朋友，送一些喜欢的书给学生与闺蜜，在重要的节日买一些礼物送给生命中重要的人。

我喜欢始终相信“越努力，越幸运”的自己

涵养，离不开文化素养的积淀。文化素养包括渊博的知识、深刻的理解能力、良好的审美能力、丰富的联想等。要想拥有这些，需要不断地学习。学习的途径有很多种，除了阅读，还可以参加一些社交活动、读书分享会等，社交活动也可以让你获得许多有益的知识。

互联网时代，足不出户就可以提升自己。可以参加网络写

作班、摄影班，也可以利用一些平台听可以提升自己能力的免费公开课或收费课程。这类平台有很多，比如我所熟悉的“慈怀女子”“十点课堂”，或我自己运营的“吧啦创想课堂”等。有些音频 APP 听起来也是很便利的，比如喜马拉雅，上面有许多课程，可以根据自己的需求挑选。在洗脸、护肤、化妆、做饭、拖地的时候都可以收听。大咖们智慧的言语会让你产生共鸣，带给你思考，并且给你更多生活动力。

求进步的人就像一个发动机，会不断转动，生命也会接收到源源不断的能量。这样的我们，会更好运。

我喜欢在一望无际的现实中依旧信仰爱情的自己

婚姻是女人的第二次投胎，第一次我们无法选择，不管是出身名门，还是出生在普通家庭，都是注定的事情，但是第二次的选择权是掌握在女人自己手中的。选择什么样的男人，就是为你自己选择什么样的未来。

我身边有许多女性朋友，她们的梦想就是嫁给有钱人，做锦衣玉食的全职太太。我有一个朋友，经家人介绍嫁给了富商，他们几乎是“闪婚”，她其实并不爱她的老公，只是觉得此后一生都有了依靠。结婚之后她很快怀孕了，十月怀胎生下一个女儿。丈夫因为事业需要，长期在外地经商。她以为自己嫁给一个“提款机”便可以一生无忧，但是结婚 3 年后，她面对的是丈夫的出轨。最后丈夫还提出了离婚。

这里并不是说女人嫁给富人就不会幸福，只是精神与物质上的门当户对，也许更有利于经营一份幸福的婚姻。2018 年夏，我去济南给一个客户拍照，她就嫁了一个非常富有的房地产商。她已过而立之年，但看起来依然美丽动人，非常精致。她用自己的智慧将这个大家庭打理得井井有条，老公对她非常疼爱，视若掌上明珠。他们望向对方的眼神充满爱意。

所以，要嫁给爱情。一个爱你的丈夫，才会给你全心全意的陪伴，这种爱会延续一生。不管他是富有的，还是清贫的，他都会把自己拥有的最好的给你。我们种下什么样的因，才会得到什么样的果，爱情不容亵渎，只有对它拿出自己真诚炽热的心，才会获得爱情带给你的长久的幸福与心安。

我喜欢独立而有底气活在人间的自己

女人只有在物质与精神上都保持独立，才会在爱情关系里底气十足。物质上的独立是指有一定的经济收入，这样便可随心为自己、为家庭添置所需之物，或许只是一盏灯，或许只是一瓶香水。精神上的独立是要有自己的爱好，有自己可以去做的事情，有心灵的归属，这才不会让你在爱情里迷失。

一个精神不独立的女人，当爱人出差，她会寝食难安，满脑子想的都是爱人，会不断打电话、发微信，只有听到他的声音、收到他的回复才会好过一些。我们过度依赖自己的另一半，对对方来说其实就是一种变相的控制。若精神独立，面对爱人出差，她会静下心去忙自己的工作，做自己热爱的事；会在老公不忙的时候用温柔的声音打去电话，或者发去想念的信息，聊完之后又会很安心地继续自己的生活。这样的女人是有智慧的。

日常多是琐事，然而在琐事间常藏有易被忽视的小幸福。允许自己健康，允许自己独立，允许自己更加自爱。在平淡的岁月里，珍藏一些稍纵即逝的感动、温和，这是我喜欢的生活，我喜欢在这样的生活中不断成长的自己。

愿你快乐。莫忘，闪耀的日常，一直在身旁。

女人只有在物质与精神上都保持独立，才会在爱情关系里底气十足。

你才是自己的创造者

上帝造女人造得实在是太草率了，不仅造得简单，而且还那么不完美。有些女人要么生在破碎的家庭，要么在人生的某个阶段遭遇磨难，要么因为自身的某些不如人意之处而自卑，所以，女人们总会生出这样抱怨的心念：“为何上帝将我装订得如此拙劣？”

怎么办？上帝如此不公平，我们要认命吗？

No way！

你那么聪明、坚强、努力、勇敢、自律、有毅力，你可以用智慧突破自身的局限，活出更精彩的人生！

你可以用时间去塑造自己，你才是自己的创造者，你可以创造出这一生最好的作品！

行动力是破解一切难关的密码

我给大家讲个故事。

雨青在 14 岁那年发生了一场车祸。她颈椎骨折，肩膀以下瘫痪。悲惨吧？这就是一场人生悲剧，她的人生，算是彻底没入地狱。可是，她没有任由命运捉弄，她有她的拯救者——书。她通过看书来让自己汲取能量与快乐。

她想要看书并不是一件易事。朋友用合板钉了一个支撑架搁在她的肚子上，家人用两个夹子把书打开固定在合板两端，中间留出一部分她可以自行翻动的页面。就这样，一本一本的书在这样的环境下被看完，能量也在一点一点地被她汲取。后来的日子，她甚至凭着自己的毅力学会了电脑打字。

雨青曾在文章里写下这样一段话："我的生活渴望可能感动了上帝，他听到了我的呼喊，在命运关了我所有希望之门后，仁慈地给我打开了一扇窗。"

1999 年元旦，她成了一名电台主播，有了属于自己的栏目"雨青时间"。她像正常人一样工作，以一种特殊的形式向众人展示生命的精彩。她用一款专门为残疾人开发的头戴鼠标，一期不落地坚持做了许多年的节目，陪伴了一代人的成长，赢得了一大群听众的喜欢和支持。

如今，她是一名资深情感主播，她亲切温暖的声音被听友亲切地称为"北部湾的天使之音"。

她的爱情，同样精彩。一般情况下，与她有同样遭遇的残疾朋友们都是在父母的包办下，找一个健全男子生个孩子，这样一生就有了依靠。可是她的爱情观就如舒婷诗里写的那样：

"我必须是你近旁的一株木棉，作为树的形象和你站在一起。"她遵从自己的内心，与灵魂伴侣大明走进了婚姻的殿堂。

大明也是高位截瘫的残疾人，世人都不看好他们的婚姻，猜想婚后一定一地鸡毛，可是雨青与大明用爱与责任支撑起了这个幸福的家。大明每天去菜市场挑选新鲜食材，为他心爱的人熬汤、做饭，还包揽了一切家务事，好让雨青静心工作。他们都经历过生死，更懂得活着的不易与相爱的珍贵，两人相扶、相偎，把日子过得有声有色。

上帝真的很忙，忙得把雨青的人生安排得烂无可烂，几乎无法修补。可是雨青并没有等上帝的补救，而且上帝也不可能救得了她，只有她才是自己的救世主！所以，她不断突破自己、重塑自己、关爱自己，如今，她成了人生的赢家，不仅自己活得越来越光彩照人，还把这份光芒用声音传递给更多内心灰暗的人。

每个女人一生中都会面临许多难以逾越的坎，这些似乎是上帝故意为之，又似乎是无意而为，总之只要活在地球上，就没有一个女人是容易的。怎么破？没关系，那些困住自己的苦痛、焦虑与自卑，终会消失，替代这些负面情绪的会是幸福、愉悦与自信。行动力，是破解一切难关的密码。

求上进的女人最迷人

如今，优秀的女性越来越多，类似雨青这样的人并不少。女人对自己的突破是方方面面的。

在我的朋友圈里，明明无疑是蜕变得最好的女性。

生完孩子以后，明明有长达两年的产后抑郁期。厌烦阳光，睡不着觉，不断否定自己。那时，身高一米六三的她将近 130 斤，肚子很大。儿子有时会问她："妈妈，我不是从你肚子里出来了吗，为什么你的肚子里好像还有一个宝宝呢？"

有一天，她看见孩子在对她笑，伸着小手要抓她。那刻，她突然意识到自己不能这样消沉下去，她试图去改变自己糟糕的现状。

她知晓，幸福的首要条件是健康，健康和身体是息息相关的。想要健康，最重要的是自律。减肥并不是要你减多少斤，而是体现你对生活的一个态度，对自我的一种约束。

首先是调整饮食结构。

早餐喝牛奶，吃水煮蛋、水果、玉米，保证摄入足够的营养。中餐是一小碗米饭和蔬菜，比如西兰花，还有适量的鸡肉、鱼肉，少油。下午 3 点左右吃一点水果，晚餐时就不会有太强的饥饿感，吃 7 分饱，减少米饭的摄入，用粗粮代替。过了晚上 7 点就不再进食。

其次是坚持运动。

她下载了运动软件"Keep"，这相当于请了随身的健身教练，她在家做的运动，靠一张瑜伽垫即可。

明明会每天早上 6 点起床，做半小时的瑜伽。晚上用半小时做有氧运动或者无氧运动。一周进行三至四次减脂运动。

她从书中了解到，瑜伽对身体有很好的修复作用，也可以缓解日常工作的压力。像钟汉良、刘德华这样的明星都是常年健身，每天再忙也要运动。你的好身体里藏着你的自律，你的自律成就你的人生。

这给了她很大的信心，她相信自己一定能够通过每天的坚持运动，改变自己的生命状态。

她就这样日复一日、年复一年地坚持着运动，每天在朋友圈打卡，从未有一天间断过。

她曾在朋友圈记录下自己的体会："运动是与自己独处的最佳时间,你在一呼一吸之间能够感受到自己的情绪,调整心态。运动的过程中，你会发现身体的变化，你会发现内心变得更阳光了。你的每一滴汗水，你跑过的路，都会让你无怨无悔。"

运动也改变了她的心态，她变得越来越开朗、自信。她以前拍照不喜欢笑，因为她觉得自己嘴巴大，不好看，有些自卑。但是后来她知道了，人要跟自己和解，接纳自己的一切。

每一天，明明都会穿上漂亮的衣裳，涂上口红走出家门，脸上灿烂的笑容带来了一天的好运气。她逐渐领悟，自信是一个人最美的面貌。

她面对生活越来越从容，越来越优雅，"油腻中年女人"的形象正在远离她。

3 年过去了，她现在的体重是 100 斤，成功瘦身 30 斤，她活得越来越精致。每一个老朋友见到她都会被她现在的魔鬼身材与天使面容所震惊，因为她的变化太大了，完全活成了同龄女性的梦想。

明明对我说："健身除了带给我健康的身体、健美的线条，更重要的是教会我热爱生活，积极向上的生活态度也感染了很多朋友。自己运动对孩子的影响也是非常大的，看到妈妈变得越来越美，越来越自信，他也会对自己有约束。虽然孩子还小，但是对于学习早就怀有无比大的热情，生活习惯、学习习惯都很好。”

明明用自身的经历诠释了什么是自律改变人生。阴郁、消极、自卑的她通过日复一日的规律饮食与运动，变成了女神。她不仅把被上帝忘掉的人生扭转了过来，还把这种精神力量传递给了自己的下一代，她的孩子也因此对生活抱有极大热忱。

力求上进的女性永远都会保持一种迷人的状态，那种由内而外散发的知性美会像香水一样如影随形。这些女性活得很明白，命运是掌握在自己手中的，上帝才不会替你负责。优秀的女性都会把努力当作像喝水、吃饭一样自然的事。

优秀的人都喜欢“自找麻烦”

著名演员韩雪从小学一年级便开始学习英语，到现在断断续续有 20 年了。刚开始她并没有把英语学好。很多次她想开口跟别人沟通时，那个词就在嘴边，可就是说不出来，学英语成了韩雪的痛点。在朋友的介绍下，通过测试，韩雪成功成为一名优秀英语老师的学生。系统学习英语之后，她的生活发生了巨大的改变。曾经她是一个特别爱玩手游的人，但自从学习英语以后，她戒掉了手机里所有的游戏。她也试着让自己跟社交媒体保持距离，不看新闻，不刷微博，远离朋友圈，这样就节省了很多浪费在手机上的时间可供她自由支配。

在一年半的时间里，她每拍一个新戏，就带着她的作业本去片场做作业。刚开始她能够感觉到同组演员和工作人员异样的眼光，因为大家觉得韩雪特别装，居然在片场学英语。时间长了，大家就会发现她是真的在学英语。

几年之后，她的英语有了很大的进步，拨通电话，任何一个话题，她都可以用英语跟朋友聊上半个小时。在拍戏的同时，一个月她要读完一本英文原版的小说。她也开了英语的小栏目，会教大家一些英语的小知识，有时还会开直播试着用英语跟大家互动。在她的鼓励下，很多人默默地把书本拿出来"啃"。她在一次演讲中说："我喜欢现在的自己，虽然麻烦是自找的，但是人生是自己书写的。"

大众以为，漂亮的女演员都是"花瓶"，不可能说得了英语，更别说是一口流利的英语，但是韩雪就能冲破这个"成规"，用自己的意志力与勤奋书写精彩人生。

上帝很忙，不会让每个女人生来都是完美的，但生命是自己的，我们可以凭借自己充满智慧的大脑与勤奋的双手，重塑一个独一无二的自己，去拥抱精彩美好的一生。

记住，你才是自己的创造者！

用极简的方式
过更有品质的生活

你有没有这种感觉：在这个什么都讲求快的社会，你像机器一样重复着每天两点一线的生活，被纷乱忙碌的工作困扰，被家中的一堆琐事束缚，常常累到不想说话？

人们心里往往又挤着一堆欲望不可言说。于是，内心的欲望越来越多，做的事情越来越多，情绪却越来越不稳定，健康状态也越来越糟糕。

究其原因，是你的欲望走得太快，灵魂和身体都跟不上了。

总有一天身体会被拖垮的，怎么办？

那就来尝试做几个“少”吧。

少做一些事，少一些物质，少一些压力和期待，少一些头衔，少一些需要证明的东西。

当你丢掉一些包袱，放弃一些负担，专注去做几件你真正觉得重要的事情，放慢节奏，简单生活，你会过得更加幸福。

处理家中过剩的物品

处理家中过剩的物品是过慢生活的开始，因为它最简单、最容易。

我们要处理掉家中没有用过的、不需要的甚至是不想要的东西。透过对家中杂物的清理，你也能检视自己生活中其他需要精简的地方，比如一些欲望、日程安排、饮食方式、亲密关系。

减少应酬的时间，多一些做瑜伽的时间。

减少打折衣物的购买，买一两件真正有品质的衣服。

减少吃荤的次数，多吃一些应季的蔬菜。

减少刷剧、刷互联网信息的时间，多一些时间陪伴家人。

正如里奥·巴伯塔所说的：“成为自己人生的管理者。将剩余物品渐渐剔除，直到留下的全都是自己最珍视的东西，是必需品，是能够让自己开心的物品。”

我就是这样做的。我与爱人建立了自己的小家庭后，他让我把不用的衣物都送人，而且给了我一个建议：以后买一件新衣服的同时，扔掉一件不穿的旧衣服。这些旧衣服可以分送给亲朋好友，这样做能维持物品的数量，使得它不超出自己的管理范围，同时使我的衣橱一直不会拥挤。

极简的慢生活不是越少越正确，而是清除闲置物品，用腾出的空间去摆放更重要的物件。所以你要非常清楚，什么是真正重要的，而不是觉得应该重要的。

减少内心对物质的欲望

金钱、名利、权利，似乎能彰显一个人的身份和价值，所以越来越多的人沉迷于如何获得更多的物质、地位、人脉资源和金钱，深陷其中，无法自拔。

尤其有些女性沉迷于买奢侈品包包，名牌包包有它独有的魅力与品质，如果你有经济能力购买它，无可厚非，但是最怕的是你没有能力，却为了追求一种虚无缥缈的优越感而沉陷在买包的怪圈里。

我的大学同学凌子在深圳工作，她热衷于买奢侈品包包，可是每个月的工资只够还房贷，根本没有经济条件买。于是她开始贷款买，买了包包又想要搭配一个包包的饰品，而饰品的价格也高达5位数。但她就是控制不住自己。买了一个名牌包包后，她就像中了毒一样，接连又买了第二个、第三个……她每个月需要还几万元的信用卡，这个无底洞让她永远都是入不敷出。

其实，她的公司最近正在裁员，她每天都很焦虑，害怕下一个被裁掉的就是自己，如果失去工作，她不知道如何再还信用卡。

凌子的现状就像澳大利亚作家布鲁克·麦卡拉所说的，“我们觉得缺了它们简直活不下去，最后终于忍不住下手购物，只是为了不被社会的主流抛弃”。

你有多少物品是因为跟风而买？

许多物品其实并不是我们真正需要的，而是因为跟风、追随潮流，于是不顾自身的经济能力是否匹配而疯狂追求。与我们经济能力不匹配的消费，是给别人看的，而不是为了真正活成那个最放松、最自然的自己。

获取物质享乐，与别人攀比，展示自身的优越感，并不是人生的要事，这些其实都只是生活的表象。而我们总会走着走着就走入迷途，忽视了眼前那些珍贵的存在。

我们对于许多物质的渴望其实并不是“需要”，而是“想要”，从而多了许多不必要的消费。所谓极简，就是舍弃过度的物质。删繁就简的生活，能让你获得前所未有的平静。

放慢脚步，你内心的压力与焦虑才会慢慢释放，你才会获得更多时间和空间去做自己想做的事，从而让自己变得更健康，内心变得更快乐，你也会更富于创造力。

学会知足，活在美好的当下。

适合自己的，才是最好的

常规的新房装修，电视机肯定是必备品，但是因为我与爱人都不喜欢看电视，那对我们来说，电视机就不是必需品。

我们把电视机换作了家用投影仪与幕布，平时收着，想看电影就取出来，几分钟就能看上电影了，方便又不占地方，还能营造轻松愉快的氛围。

不管我们多忙，一周都会挑一个晚上坐在沙发上彼此依偎着看完一部经典电影。他会把他看过的电影中觉得最值得看的选出来与我一起观看，我们的爱情也在这个过程中升温。

不管是陪伴自己一生的伴侣，还是我们所拥有的物件，只有适合自己的，才是最好的。

有一次，我的朋友小菲看到她喜欢的一位明星穿晚礼服的样子很迷人，她也很想买同款礼服，然后在购物 APP 淘了好久，终于选定了一款最心仪的。当她把这个想法告诉我时，我说：“你暂停一下，问问自己为什么想买它，它是否适合你。”

三天之后，她告诉我，她不想买了。

原因很简单，她发现其实她根本没机会穿晚礼服，买回来也只能是摆设。她用原本准备买晚礼服的钱去买了适合自己的衣服，心里非常欢喜。

其实在日常生活中，我们很多时候容易冲动消费，这时你可以给自己一段考虑的时间，扪心自问，这件物品是否真的适合你。

内心丰盈，生活素简。极简是一种生活方式，也是一种生活态度，更是一种生活哲学。更少，才会更美好。

畅销书作家山下英子曾说过，“断舍离”并非仅仅是处理废品杂物，它带有让人焕然一新的力量。

愿你也能用极简的方式，获得内心的驱动力，过上更有品质的生活，从容地度过每一天。

命运会偷偷惩罚那些提前透支身体的人

2018 年 10 月，我的整个身体突然处于极度虚弱的状态。

身体上的病痛有时会毫无征兆地出现，让人深陷于无尽的荒野之中。我很长一段时间害怕长夜，担心无尽的失眠和无力。

某个夜里 11 点，我试图让自己入睡，双手相交放在被上，闭上眼，然而面对的却是汹涌而来的痛苦。

无能为力。那些可怕的怪兽又开始侵入我的身体，喉咙开始哽咽，手心发热，心慌、心悸，呼吸急促。

有时候身体的病痛并不可怕，可怕的是内心对于病痛的极度焦灼、紧张和大面积的无力感。

我开始陷入连续的自责中，不断地自我否定，焦虑、抑郁伴随着巨大的恐慌而来，当濒死感快要占据我的大脑时，我叫醒了深夜熟睡的母亲。

“我害怕，喘不过气，来陪陪我吧。”

后半夜我和母亲躺在一张床上，她环抱着我，用手轻拍我的背。

“菁菁，乖。菁菁，乖。我的菁菁要睡觉了。”

这种温暖的声音一直贯穿着我的整个童年。幼年顽皮睡不着觉的时候，母亲也是如此哄着我入睡的。母亲的声音像一股暖流，向我体内缓缓注入安定的力量。

有母亲在身边，我不至于恐惧，但依然心跳加快，晕眩感一波一波袭来。为了分散我对病痛的注意力，母亲与我不停地说话，我痴痴呆呆地答着。

我终于明白内心患上疾病比肉体患病来得更痛苦，因为发病的时候，大脑根本就不受意识控制，一层厚而坚韧的阴翳覆盖着身体。

如同一张密不透风的大网，让人随时处于窒息的边缘。

我想起面对患抑郁症的朋友时曾经说出的话：“你不要想那些不快乐的事情，你要振作。”

但是她们告诉我，这样的负面能量自己根本无法抵抗。

以前我无法体会，但那个夜晚我才觉知精神的紊乱与极度焦虑是非常可怕的，像是独自一人在深夜的海上航行。

狂风骤雨，你根本不知道承载着你的这艘小船能否抵御这样的侵袭。

我急切地等待天明，反复看时间。

凌晨 1 点，我拨通了女医生的电话。她用缓慢、温柔的声音安抚我，教我用深呼吸去调节自己的心率。

在一呼一吸之间，我的心跳渐渐不那么急促了。

3 点，母亲带我在阳台上呼吸新鲜的空气。

家乡的夜好静，能听到流水的哗哗声，虫鸣的唧唧声，田间不知名的呱呱声，自然之音也在试图疗愈我。

它们都是从小伴我长大的伙伴，见我如今病痛缠身，也心疼起我来。

在无眠之夜听宁静的自然虫鸣、风声、水声，让我安住在真实的存在中，与周身一切物体合二为一，汹涌逐渐归于平静。

凌晨 4 点，我回到房间。

我不知道自己是何时睡去的，只记得母亲一直抱着我，用手轻轻拍打着我的肩膀。

如果没有母亲的陪伴，我不知如何才能度过这个夜晚。

后来去检查身体，才知道所有的症状都源于我患上了颈椎病。

颈椎就像一棵大树的根部，是人体的十字路口，有着承上启下的作用。

大椎不通，气血不能上于头部，会引起头痛、头晕、失眠、健忘、眼花。

因自己常年伏案阅读、写作，没有注意保持正确的坐姿，日积月累，颈椎一点点变形，终成生理曲度变直。

医生嘱咐，颈椎病并不是立刻能通过药物治好的病，需要做颈部牵引、推拿、按摩，最重要的是不能长时间低头工作。

多做颈部运动，长期坚持下来，颈椎病才能改善。

回家之后，我每天做牵引、做颈部操、按摩、贴膏药、练习八段锦，喝大量的白开水，查阅各种治疗颈椎病的方子、养生的知识。

朋友说我二十几岁过上了五十几岁人的生活。

开始的时候我也焦虑，但渐渐也乐观起来，觉得应该感谢这次病痛，它让我知道了健康的珍贵。

父亲每天变着花样给我做有营养的菜肴，早上给我熬不同颜色的粥。母亲每天上午榨红萝卜汁，午后是姜煮红糖水。晚上睡前父亲又用苍耳子熬的药给我泡脚，祛寒气。他们对我的照顾无微不至，只要有他们在身边，我永远都是那个有人庇佑着的小姑娘。

惟有珍惜当下，爱自己的每一寸肌肤与每一滴血液，才能让自己心安。

近乎一个月的时间，我没有写文，没有读书，没有拍照。我爱它们，可是我知道暂时需要放空自己。

什么都不做，听雨打在樟树叶子上的吧嗒声，感受风抚摸脸颊的轻柔，晴好丽日时去田野里晒晒太阳。

从阳台看近处金黄的稻田与远处的青山，发着呆，然后想念那个在远方的爱人。

他说："不要害怕，等我回来。"

这样的话语如秋日暖阳，在我倍感无力的日子带给了我振作的力量。

等待的过程中，我心中始终怀有对当下的热爱与和他不久后相见的期许。

我开始关注自己身体每一个细微的疼痛，以及由疼痛到康复的变化。

不看书的时候我就用手机听听电台节目或线上课程，这样的聆听让我更加明白珍惜当下的重要。

我会在每天晚上 11 点之前入睡，十年如一日的熬夜已经让身体向我发出警报。

我再也不敢打着实现目标的幌子去一点点残害自己最珍贵的身体了。

一段时间的失眠后，我渐渐恢复到正常。朋友们心疼我，给我寄来了各种各样治疗颈椎的枕头：护颈枕、乳胶枕、黄豆枕。

我常年右侧卧位的睡觉姿势改成仰卧位。

闭上双眼，抛开那些负能量的思绪，我会在脑海里为自己画一幅画面。

我与他坐在绿色的草地上，画面是我们的背影，我把头靠在他的肩膀上，眼前是一片蔚蓝色的宁静大海。

这样的幻想有神奇的助眠功效，我继而很快进入甜美的梦乡。

半个月后，我的身体有了好转，治愈我的并不是药物，而是人世间最珍贵的爱。

父母的爱，恋人的爱，友人的爱，最重要的是自己的爱。

清晨，我翻开艾克哈特·托利的《幸运之书》，正好看到这段文字：

> 即便是在看起来最无法接受、最苦不堪言的情况下，依旧隐藏着深层的善，每一场灾难也都包含着恩典的种子。

生命绝不如我们想象的那样坚不可摧，也不会如我们害怕的那样脆弱。

身体的慢性疼痛是我们最严厉的人生导师之一。

我们总是要等到身体某个部位出现问题的时候，才知道这个器官在我们身体中的存在及其重要性。

惟有珍惜当下，爱自己的每一寸肌肤与每一滴血液，才能让自己心安。

拥抱内心的那个自己，轻轻地告诉她：“对不起，我遗忘你太久了，从今以后，我一定会好好爱你。”

自爱，无须等待。

爱自己，从不再熬夜开始

在我们身边，越来越多的人成为“夜猫子”，他们怀着侥幸心理挥霍时间，觉得病魔不会找上自己。殊不知，日复一日的熬夜，是对自己五脏最大的损伤。小野在《自律力》一书中说过这样一段话：“那些熬过的夜，最终都会事无巨细地反映在你的身体上。”

许多人其实都是在自身的身体状况出现问题时才意识到按时作息的重要性。

作家纪元曾说过，自己坚定地要早睡早起是在 2008 年住院以后，2009 年 1 月 1 日开始仪式性地早睡早起。

人都是这样，直到生命受到威胁，才懂得拿起武器保护自己。有人比较幸运，及时止损；有人却永远失去了机会。

我不知道自己是幸还是不幸，但我真真切切接受到来自健康受到威胁的恐惧。

2017 年 9 月 26 日，我入住合肥某家酒店。凌晨 3 点多，我去了一趟卫生间，躺回床上却再也无法入睡，翻来覆去，脑子里像放电影一样闪过一些嘈杂的画面与声音，渐渐开始胸闷、心慌，直至心跳加速。我吓坏了，那是一种从未有过的濒死感。

我想起作家王小波在深夜因为疾病而骤然离世，又想到了几位作家朋友写过因为经常熬夜曾突然晕倒的文章。

我慌了，我知道自己十年如一日地熬夜，身体早已进入亚健康状态，体质虚弱，这几年感冒、咳嗽一直如影随形。我无论如何也想不到，身体这么快就熬不住了。

那一刻，我真的害怕自己会死在酒店房间里。

我怕死，因为我还有爱我的父母；我很怕死，因为我还有远方的爱人；我非常怕死，因为我还有挚爱的亲朋好友，还有我的写作梦……

说好了，一辈子的，少了一分一秒都不行。

求生的欲望让我迅速做出决定。凌晨 4 点，我躺在救护车的蓝色救护架上，泪如泉涌。接下来的检查都是我一个人拖着虚弱的身体去完成的。结果出来了，医生说是我长期熬夜、劳累过度引起的心慌，嘱咐我注意休息。我长舒了一口气。

朋友赶到了医院。当她抱着我的时候，我终于忍不住痛哭起来。后来，朋友带我去吃早餐。吃着热腾腾的面条，我顿感：只要让我好好活着，哪怕只是吃一碗面条，哪怕只是睡一觉，我都觉得好幸福。

这一次的直面病痛，让我终于意识到健康的重要性。身体是革命的本钱，如果身体垮了，事业还有存在的意义吗？

亲爱的，我以亲身经历告诉你们，不要再熬夜了，你熬过的夜最终会在身体上一一反映，用熬夜换来的梦想成真，在失去健康之后，一切都将化为虚无。

如今，我坚持早睡早起。我再也不会为了那些所谓的目标去透支自己的身体，因为透支身体的后果就是折损生命。那些熬夜的人，是在拿健康作赌注，一开始就输了。因为后果会在漫长的时间之中渐渐显现出来，猝死、患癌、病痛缠身……一一应验。

新东方创始人俞敏洪，曾经常常深夜2点睡觉，但是后来发现这样对身体不好，就改成晚上12点入睡。他和李开复都做创业导师指导青年创业，有阵子李开复有些走火入魔，深夜2点还在回复年轻人的邮件。俞敏洪担心他的身体，劝他：“到晚上11点就把手机关机，外面的事情就和自己没有关系了。”他知道身体才是自己最大的财富。

2017年诺贝尔医学奖颁给了杰弗里·霍尔、迈克尔·罗斯巴什、迈克尔·杨，这三位科学家发现：昼夜规律的紊乱，与内分泌代谢疾病，如肥胖、糖尿病、高血压、高血脂、严重的脑部疾病，乃至肿瘤的发生、发展都有关联。

2017年的诺贝尔医学奖在告诉全世界所有人：如果还想好好活着，从今天开始，就不要再熬夜了！

健康到底有多重要，只有经历过生死的人才知道，但总有些人在危险降临到自己头上之前，意识不到问题的严重性，俗称“不见棺材不落泪”。人们总希望未卜先知，可以提前知道自己的未来，那么熬夜伤身这件事未来一定会发生，你已经提前知道了，那为什么还要选择熬夜?

亲爱的，爱自己、爱身体，比什么都来得重要。

在这里我推荐 4 个不熬夜的方法。

第一，把“应该做”改成“必须做”

当你把按时睡觉从“应该做的事”转变为“必须做的事”时，你就会获得无限动力。此时，早睡这件被你拖延的事情就会变得紧急重要起来。人的意念是非常强大的，只要你把一件事情当作必须去做的，你就不会再拖延，而是即刻去行动。

正如《极简主义》一书中所说的那样：“你必须把自己的身体当作最宝贵的财富来看待——因为它确实就是你最宝贵的财富。”

第二，没有做完的事情早起去做

许多上班族熬夜是因为要完成白天还没有完成的工作，为了心中的那份责任不得不熬夜完成。但是我们并不是只有晚睡才能加长工作时间，早起同样也可以，而且早起不会伤害自己的身体。

到了规定的睡觉时间工作还没有完成，我们就要马上停下来，把闹钟定在早上 4 点，到时候再起来继续去做。早起，人的思路会更好，精神状态也会更好。

第三，学会说“不”

身处不同的圈子，我们总是有许多聚会，朋友、同事聚在一起吃夜宵、唱K、泡酒吧……眼看要到睡觉时间了，刚吃完夜宵的朋友们约着继续去唱K，这时候你的心里就有两个小人在打架：去还是不去呢？去的话肯定要凌晨后才能回家，不去的话又觉得盛情难却。

这世界你最应该爱的人就是你自己，没有人比自己更重要了。

其实，这个情况下你就应该学会说“不”。因为相比在那些娱乐场所欢歌笑语消耗身体，充足睡眠保护身体对你来说更重要。

第四，给自己创造一个睡前的舒适环境

有些人入睡得特别快，基本是躺在床上眼睛一闭就能入睡，但是也有许多人入睡很困难，这个时候你就要给自己创造一个很舒适的入睡环境。首先，你可以在睡前听一些轻音乐，在聆听音乐的时候记得关上手机，不要再受其他事情的打扰。其次，你可以选择一个适合自己的枕头，一个好的枕头能帮助你更快地进入睡眠。

我们要遵从人体的生物钟，要在正确的时间做正确的事情，作息跟着太阳走，而不是跟着月亮走。愿你从今天开始，早睡早起，与熬夜这个不良的习惯永远说再见。

你会发现，你的身体会获得更大的能量。你会发现自己每天都精力充沛，除了完成手头的工作，你居然可以分身去做自己想做的事了！这就是爱惜身体给你带来的最好的礼物。

亲爱的，像前面所说，明明已经预知熬夜的后果，为什么不趋利避害，选择最好的方式对待自己呢？这世界你最应该爱的人就是你自己，没有人比自己更重要了。所以当夜晚一点一点地来临，你能不能放下一切，给自己一个充足的睡眠？

爱自己，从不再熬夜开始。

减肥，为自己找到一种健康的生活方式

你有过当胖子的烦恼经历吗？

我有过。

肥胖，困扰了我 27 年。

我的父母并不胖，所以我的肥胖并不是由遗传引起的。童年时的我身材匀称，7 岁那年参加过学校的短跑比赛，还拿了名次。

激素让我变成“李胖子”

噩梦发生在我读小学三年级的那个暑假。一个阳光明媚的午后，我正在吃西瓜，突然一只蛾子扑闪着翅膀飞向我，它美丽柔软的翅膀碰了一下我的右脸颊。当时我就觉得痒痒的，还用手擦拭了一下。万万没想到，当天下午我的右脸就红得像柿子，并且开始长疮。父母要带我去市里的医院治疗。我用手帕遮着脸，胆战心惊地坐上汽车，眼泪止不住地流，觉得自己快毁容了。后来我才知道，这次脸部意外感染毁的不是我的脸，而是身材。因为我在市医院输了一个月的激素液，回来之后就胖得不再像自己。我的脸肿胀着，全身浑圆，肚子都鼓起来了，像足球。邻居小伙伴看见胖了之后的我大笑不止，此后我有了绰号“李胖子”。

肥胖就像一个巨大的魔咒，让我一直深陷在敏感脆弱、自卑怯懦的牢笼里，看不到生活的光亮。

我不会忘记一起玩的小伙伴总会在放学回家的路上一直揉捏我的胖胳膊，她觉得捏胖乎乎的胳膊很爽，却全然不顾我心中的烦躁、不悦。我不会忘记与表哥们一起玩耍时，他们对我的欺负，每次玩游戏，只要我输了，他们都会让我钻桌子，看到我胖乎乎的身子在地上艰难爬动，就在旁边大声地嘲笑我。我不会忘记愚人节那天收到一位男生的情书，正当我心里一万只小鹿乱撞的时候，那名男生的兄弟走过来说：“他是捉弄你的，你忘了今天是什么节日啦？你那么胖，他怎么可能喜欢你？”接着就是他的笑声，极尽讽刺。那一瞬间，我脸红到耳根，转身跑出教室，躲在一棵梧桐树后掩面痛哭。肥胖就像我青春期的阴霾，总是挥之不去，让我快要窒息。

似乎胖姑娘就活该被人欺负、嘲笑，就不配有异性爱慕，更不会成为自己的女王。我一直陷在这样的自我否定中，周而复始。

胖着胖着就习惯了

即使我后来凭借着自己的努力考上大学、考上研究生、应聘上大学老师的工作、公开出版书籍、成为一名作家，我还是不够自信，因为我的体重也在随着年龄增长而不断增长。某一天我才醒悟这都源于我有许多不好的习惯。

第一个坏习惯是久坐不动。我喜欢坐在书桌前看书、写文章，有时候一坐就是几个小时。我的专业学的是艺术设计，绘画与平面设计都需要低头创作，我经常沉浸其中就忘了休息。

第二个坏习惯是不注意控制饮食。我喜欢吃甜食，特别是面包与芝士蛋糕,每天的早餐都是面包。常年在外面的餐馆吃饭，餐馆的烹饪油和盐都多。工作累了，晚上 11 点还会加个夜宵，常点最爱的烤鸡翅。

第三个坏习惯是熬夜。每天要做的事情太多，总是习惯晚睡，十年如一日熬夜。父母劝我早睡，我从来不听，觉得自己是在为生活拼搏，熬夜理所当然，一般都是过了凌晨 1 点才睡。

第四个坏习惯是不爱运动。我本来就胖，做一会运动就吃不消，渐渐对运动不再感兴趣。办了一张健身年卡，只去了几次，明明从租住的房子到健身房走路只需要 20 分钟，却懒得走，还得打个的去健身房踩单车。

总结下来，就是胖习惯了，破罐子破摔。除了久坐不动、暴饮暴食、熬夜懒惰，我还会给自己这样的心理暗示：都胖了二十几年了，也无所谓了。

老天爷对每个人都很公平，种下什么因，就会结下什么果。2016 年秋天，父母来西安看我，那时我临近 27 岁，已经辞去大学老师的工作，整天窝在租来的房子里写书。我去火车站接他们，母亲快认不出我了，她惊呼："菁菁呀，你怎么胖成这样了！"身高只有 1 米 63 的我，体重有 142 斤。我也尝试过减肥，但是总是无功而返。我对自己热爱的事业极为勤奋，唯独减肥这件事，总是无限期地拖延。

也是那年冬天，我离开西安，回到了家乡湘西浦市古镇，跟随父母一起生活。回到家乡后我都不敢出门，因为一旦出门碰到熟人，就会听到对方如我母亲那般的惊呼，然后他们会问我："怎么能把自己弄得这样胖？"更糟糕的是，肥胖导致我的抵抗力下降，我的身体已经完全处于亚健康状态，经常感冒、咳嗽，有时一咳就是几个月。

瘦下去的我不再自卑

2017 年春天，多年不见的朋友小越来我家找我叙旧，我一看见她就愣住了，印象中的小越是一个胖墩，如今的她身材挺拔曼妙，简直判若俩人。当她告诉我 1 米 7 的她用两年的时间从 150 斤减到 120 斤，我心中渴望瘦身的火苗被她点燃了。我问她是如何减肥成功的，她说："规律作息、合理搭配饮食、坚持运动，做到这三点你也会瘦下来。"

第二天，我就跟着她一起踏上了健康瘦身之路。管住嘴，迈开腿，多么简单的 6 个字，做起来却需要一个人持之以恒的毅力。庆幸的是，这一次，我终于坚持下来了。

两年后的今天，我的体重从 142 斤降到了 108 斤，成功瘦身 34 斤，体脂率、脂肪量、肌肉量都达到了正常值，整个人瘦了几圈，体态更加挺拔、轻盈。更让我惊喜的是，我渐渐远离了亚健康的自己，这两年很少感冒，几乎不再咳嗽。自律让我遇见了更美、更健康的自己。

瘦下来的我变得更加自信，内心闪烁着光芒。当我的灵魂伴侣闫凌出现的时候，我可以勇敢地告诉他："只要你愿意，我可以与你共同创造一个家。"在爱情面前，我不再自卑，我相信自己值得拥有理想伴侣。2018 年 9 月 15 日，我成了他的美丽新娘，我们幸福地生活在一起，岁月静好。

有些人认为两个人在一起吃喝玩乐，一起长胖，就是一种幸福。其实这并不正确，你明明知道她每天吃芝士蛋糕会让身体内的糖分增加，影响健康，还纵容她随便吃；你明明知道她已经超过了正常体重，却安慰她："宝贝，没有关系，你不管多胖我都爱你。你想吃什么就吃什么！" 这不是害了对方吗？你在意的只是当下的她，却忽略了未来的她。真正的幸福是两个人在生活中彼此监督，一起为了健康的身体而自律。

我和闫闫生活在一起后，运动更加规律，饮食也更加克制。有时候两个人去商场逛街，在蛋糕店前我依然会望着对面的蛋糕止步不前，看见美食眼里依然会发光，这时候闫闫总会把我拉走，郑重地说："你明明知道自己在减肥不能吃蛋糕，还看。走走走，咱们去买水果吃。"我听话地跟着他走了，因为我知道他是为了我好。渐渐地，我不再对蛋糕店恋恋不舍，对甜食也有了抵抗力。也是因为有他的监督与自我监督，我才能一直把体重保持到正常值，不再反弹。与那个自由散漫的你相比，你的另一半会更爱那个热爱运动、规律饮食、自律生活的你。因为，你对自己的身体健康负责，就是对你的伴侣负责。

暴瘦比胖更可怕

现在已经没有人再叫我“李胖子”了，每个人见到我第一句话都是：“你真的瘦了好多呀！”别人的肯定也增加了我的自信。我终于明白，想要别人看重你，你首先要爱自己。当自己是一个胖子的时候，千万不要自暴自弃，只要你不放弃自己，你会重新拥抱那个闪闪发光的自己。

许多胖子都想要快速减肥，其实快速减肥减下的只是身体里的水分，并不是脂肪，更可怕的是，快速减肥还会让你的内分泌系统失调。正确的减肥是每天保持规律的作息，严格地控制饮食，结合适合自己的有氧运动与无氧运动，每天减一点点，这样才不会反弹，也不会伤害你的身体，反而会让你拥有更加健康的身体。

知乎大V寺主人曾在文章里写过她的一段减肥经历。高三上半学期，她失恋了，男朋友选择与她分手的原因是：她长得又胖又丑。这对于正处在花季的她来说简直就是当头一棒，她便下定决心开始节食减肥。午饭不吃米、不吃肉，食堂的青菜吃到饱，晚饭几乎不吃。一个月后，她的体重从120斤暴跌到了90斤，她足足减了30斤。

暴瘦后的她变得快乐了吗？

并没有。

疾病开始一个接一个蜂拥而至。她得了厌食症，接着是浅表性胃炎，再接着是月经不调，最后是躁郁症。她的情绪极易失控，脾气暴躁，经常失眠。

她的减肥经历告诉我们，错误的减肥方法会伤害你的身体，使免疫力下降，疾病会趁虚而入。正因如此，健康瘦身变得非常重要。减肥不能急于求成，不管是我，还是我的朋友小越，都是用了近两年的时间才减去了自己身体的部分脂肪。

许多人曾问过我减肥的具体方法，现在我将它写下来，希望对想要健康瘦身的你有所帮助。

你对自己的身体健康负责，就是对你的伴侣负责。

我的健康瘦身法

健康饮食

健康的瘦身饮食法应该是高蛋白、低脂肪、低添加糖的饮食结构。

均衡饮食很重要，脂肪、碳水化合物都要有，否则会对身体产生不良影响。

在减肥期间均衡饮食是非常重要的，因为稍微不注意，用了错误的方法，不但不能减脂，还会危害你的身体健康。

给大家介绍一下我现在的饮食结构。

水果

少吃高热量的水果，如榴莲、大枣、牛油果等；应经常吃低热量、高纤维的水果，如火龙果、菠萝、猕猴桃等。水果最好生吃，榨果汁的话，许多营养成分会丢失。下午 4 点之后不再吃水果，一般安排在上午 10 点与下午 3 点吃适量的低热量水果。

主食

我是湖南人，从小到大主食都是米饭，即使在西安生活了 5 年，也从不把面条当作主食。以前的我每顿可以吃两碗米饭，如果再碰到一些辣味十足的下饭菜，我可以吃上 3 碗，那时的我并不知道吃米饭也会长胖。自从开始减肥、关注健康饮食后，我才知道大米是经过精细加工的粮食，加工过程会使它丢失大量营养，并且不利于血糖的稳定，如果想要减肥，就必须从减少饭量开始。现在的我每顿饭只吃 1/3 碗，也许你会问，吃这点米饭不会饿吗?

不会的。因为全谷物与薯类也可以作主食，而且它们的热量更低，也有饱腹感，所以有时候我会把红薯、土豆、芋头、山药、莲藕等当作主食来吃。

蔬菜

蔬菜最好吃有机、本地、新鲜的蔬菜。我现在住在小镇，吃的蔬菜都是有机的，这一点占了一些地理位置的优势。多吃深色的蔬菜，因为深色蔬菜的营养价值一般比浅色蔬菜高，如菠菜、空心菜、韭菜、西蓝花等。蔬菜会给你的身体带来更多膳食纤维，膳食纤维是热量极低的食物，对减肥的帮助很大。

肉类

我习惯用体重秤来测量体重，每天看着自己的体重数字减下来是很快乐的一件事。但是直到有一天我听了一位健身减肥专家的分享才知道,我们不应该用体重秤测量,而应该用体脂秤,而且每天最好在清晨这个时间段测量。体重秤只能很笼统地告诉你身体的重量，而体脂秤却能让你知道在减肥的过程中你身体的各项指标是否正常。

就像我，为了减肥有两个月都不敢吃肉，总觉得吃肉就会长肉，确实是瘦了几斤，但是当我用体脂秤的时候才发现我身体里的蛋白质是偏低的。我查了许多健康饮食的书籍，才明白蛋白质是人体的主要营养成分，蛋白质偏低会引发营养不良或肌肉缺乏，动物性蛋白质营养比植物性蛋白质营养价值高。减肥时尽量不吃肥肉，但是可以吃瘦肉，如鸡胸肉、鱼肉、瘦牛肉等低脂、高蛋白的肉类。

现在我每天都会在午餐中吃一种瘦肉，补充身体里的蛋白质。

我的一日三餐是这样安排的：

早餐：一个山鸡蛋，一片烤全麦面包（爱人闫闫亲自做的），坚果，牛奶燕麦粥或者五谷杂粮粥。

中餐：瘦肉，叶类蔬菜，豆类，豆制品，1/3 碗米饭。

晚餐：根茎类蔬菜，如西蓝花、胡萝卜、白萝卜。蛋类，可以是蒸水蛋、西红柿炒鸡蛋、韭菜炒鸡蛋。主食会用红薯、芋头等替代白米饭。

另外，我会每天坚持吃低糖水果，喝脱脂牛奶，每天喝够

8 杯水。食物尽量吃煮、炖、炒的，不吃炸和煎的。每晚 7 点后不再进食，每晚 9 点后不喝水。

每个人的瘦身饮食结构应该根据自身情况定制，我的饮食方案只供你们参考。比如有些人尿酸高，就要少吃菌菇类的蔬菜；或者血糖高，就要减少白米的量，用其他主食来替代。总之，减肥饮食应该少油、少添加糖、足量碳水化合物、中高蛋白。

坚持运动

减肥主要是减脂肪，保持瘦体重，瘦体重里最被大家所关注的是肌肉。肌肉不但能提高我们的基础代谢率，肌肉多的人运动的时候消耗的热量也会更多。

减脂的运动方式有以下 4 种。

1. 持续性有氧运动

持续性有氧运动方式有很多，比如步行、快走、慢跑、游泳、骑自行车、做健身操、做瑜伽、跳绳、打羽毛球……

我每天早上会跑步半个小时、练习瑜伽半个小时，下午会抽一个小时步行、跳健身操。我有时还会跳绳，与爱人一起打羽毛球。我们生活的小镇没有健身房，我们就在家里买了跑步机、瑜伽垫、哑铃。每个人的体质都不一样，要选择适合自己的运动方式。

运动强度可以根据自身条件来设定：如果你的身体好，可以做中高强度运动；身体不是特别好，可以选择低强度运动。就像我身体本来有些心、脾两虚，不能做剧烈运动，所以就选择稍微舒缓一些的运动，比如瑜伽。有氧运动持续进行 30 分钟以上，更有利于减肥。

推荐一个运动健身 APP“Keep”，我每天都跟着上面的教程练习瑜伽，非常方便。

2. 高强度间歇运动（HIIT）

高强度间歇运动就是狭义上的 HIIT，它有两个要求：其一是高强度；其二是间歇性，就是运动时一会儿强度高，一会儿强度低，它比持续性有氧运动有更高的减脂效率。高强度间歇运动除了能大量消耗脂肪外，对减肥期间保持肌肉量，甚至增加肌肉量都有好处，较大比例的肌肉量对持续减脂非常重要。

跑步、椭圆机、划船机、自行车训练都可以做 HIIT，因为做这些运动时运动轨迹是一样的。

3. 力量训练

力量训练属于无氧运动，虽不能直接消耗脂肪，但是力量训练运动后的消耗非常明显。一次好的力量训练课结束后，基础代谢率的提高甚至能保持到运动后 48 小时。另外，它还有利于持续减脂，练一次力量训练，减脂效果能持续一段时间，做到减脂不减肌。举足够重量的哑铃是抗阻运动，就是力量训练。

力量训练入门较难，最好在专业的健身教练指导下练习。

我有一个朋友小馨，前年报了一个健身班，由于对健身知识一无所知，只想着赶紧把小腿上的肉减掉，她在一次拉伸中强度过大，导致右脚跟腱拉伤，因此瘸了一段时间，无心再提运动的事情。今年小馨请了一位私教指导她健身减肥，在运动的时候她终于知道了如何用力，也知道了运动的轻重缓急。现在她每天不管再忙都会在健身房锻炼 1 个小时，开始享受运动的过程。

值得一提的是，男性运动减脂时相对更适合力量训练或者 HIIT，女性运动减脂更适合持续性有氧运动。

4. 适合懒人的 NEAT 减肥法

除了以上 3 种运动方式外，还有一种有效的不运动的减肥方法，叫 NEAT 减肥法，就是除了有意识运动之外的所有活动的热量消耗。这种方法非常适合懒人，因为它的方法核心就是少坐多动。站着看电视、多步行少开车、多爬楼梯少乘电梯、遛狗……这些都是 NEAT 减肥法。

我每天早晨 5 点 40 分起床，起床后的第一件事就是做重要却不紧急的事——看书。我会捧着书，在房间里来回踱着步子看，这样既看了书，身体也得到了活动，两全其美。但是这种用手捧着书的姿势不宜保持过长时间，1 个小时就可以了，久了手臂会酸疼，颈椎也受不了。

减肥时选择怎样的运动方式，这要根据自己的身体素质来定，没有适合所有人的最好的减肥运动方式，只有最适合你的方式。

减肥除了健康饮食与合理运动搭配外，还需要规律的作息。规律的作息时间符合人体循环规律，利于人体排毒。我的作息时间是，晚上 11 点睡觉，早上 5 点 40 分起床。早上起来先喝一杯温开水，再喝一杯蜂蜜水。蜂蜜水有助于促进肠道的蠕动，能让体内宿留物比较顺畅地排出，防止滞留物过多堆积在脂肪皮层下导致小腹胀大，是成本最低的减肥方式。

知名健身科普作家仰望尾迹云曾在《这样减肥不反弹》一书中写道："不要觉得减肥就是为了漂亮，其实减肥是要找到一种健康的生活方式，一种跟你的身体好好相处的生活方式。健康的身体、充沛的精力、自信乐观、宁静安详的心态，甚至良好的人际关系，都是一种健康的减肥方式带来的超越变美本身的更大收获。"

一开始我只是想减掉身上的脂肪，但是减肥的过程却让我了解到了更多健康的生活方式，现在的我依然奔跑在减肥的路上。减肥不是短跑，而是一场马拉松，因为自身的健康是需要一生去呵护的。减肥让我们美丽一生、健康一生，让我们尽自己最大努力去保持身体最美的状态。

通过健康饮食，我调整了自己的饮食结构；通过坚持运动和有规律的作息，我的身体变得越来越健康，身体机能开始变好，体重也大幅下降，让我更爱自己，并且感觉自己的身体变得更美好了，整个生命像一朵迎风绽放的花朵，渐渐在天地间舒展开来。我的内在和外在都在发生着转变，变得更灵动、更丰盈，也更有能量。

从现在开始，愿你也能跟着我一起变瘦、变美、变健康。

放慢脚步去生活，是你爱自己的开始

现代社会，焦虑从未远离。

越来越多的人深陷焦虑中无法自拔。越彷徨越焦虑，越焦虑越彷徨。

其实，化解焦虑的办法有很多种，其中一种就是让自己的脚步慢下来。

真正放慢脚步去生活，不拘泥于形式，它真正表现在一个人通透的内心，懂得现实与自由、事事关心与放下之间的分寸。

1. 善于观察

首先，我们要善于观察生活中的点滴：

亲人关切的眼神、爱人温暖的牵手、雨过天晴的彩虹、午后一缕暖阳的照射、路边一朵花的盛放、一朵云在天空的游移……

每一样都能瞬间击中你，心柔如丝。

提到“慢生活”，许多人会想起卢梭的瓦尔登湖，想起陶渊明的采菊东篱下，想起在大理种菜的六六，想起在终南山隐居的神仙眷侣……

其实只要我们懂得观察生活，懂得放下，哪怕在钢筋水泥构建的城市，我们依然可以享受到慢生活。

我很喜欢观察。家中后院的梅树春节后开始长满了花骨朵，每次吃饭前，我都会去后院看看这一树的花骨朵，我怀着美好的心情，“等那一树花开”。

过了一段时日，这些花骨朵在春光中渐次绽放。一树的花骨朵在阳光雨露之中展开笑颜，在天地之中绽放。我觉察它，感知它，低下头闻它从灵魂里散发的香气，内心平和而快乐。

我尝试去觉察更多事物。

清晨起来，在书房做瑜伽，觉察自己身体细微的变化；午后阳光透过白色纱窗照进房间，觉察木桌上的玻璃花瓶在阳光下发出光泽；傍晚与爱人在山野中散步，觉察落日余晖渐次变幻的颜色；晚上睡前，靠在爱人的臂弯，觉察他的呼吸与心跳……

觉察的意识一旦融入你的生活，你的专注力与内观得到练习，一切都会变得更为静定与美好。你也会因此获得更多快乐。

生活的改变，都是从微小的事物开始。

2. 重点关注

布鲁克·麦卡拉里在《慢的艺术》这本书里写过这样一段话：

“所谓慢生活，是把重要的事情摆在前面，或以它们为中心来生活。把注意力、爱和空间给那些重要的事情。”

我们在互联网上与陌生人有聊不完的话，却在自己最亲爱的父母身边形同木偶，滚滚的信息洪流让我们应接不暇，以至于我们常常忽视了父母关切的眼神与失落的叹息。

停下你手中所谓的“很重要”的事吧，专注地与他们在一起，认真聆听他们的每句话，用心品尝他们做的每一道菜，全然留意他们望向你的眼神，接收来自他们的关爱，这是一种情感交流。这种关注会让你感知到爱的质朴与珍贵，从而渐渐放松自我，同时修复你们的关系，一举两得。

一生短暂，我们要把关注给予真正扎根于你生活重心的人与事，享受与亲人相处的时光，认真对待你热爱的事情。

当你听见内心的召唤，你会知道应把时间花在哪里，应在哪里去生活，应如何对待身边的人，如何对待自己……你会知道什么才是你的生活目标。

3. 远离手机

在这个高速发展的社会，电子产品给人们的生活带来便利的同时，也在影响着我们的生活作息规律，甚至成为伤害我们身体健康的“隐形杀手”。

许多人都习惯了睡前躺在床上玩手机、平板电脑，游戏、社交媒体、八卦新闻、购物……它们占据着你的眼睛与大脑，让你一次次地拖延入睡时间，甚而当你在凌晨放下手机后，头脑里还浮现着刚才看过的信息，久久无法进入深度睡眠。手机

一生短暂，我们要把关注给予真正扎根于你生活重心的人与事，享受与亲人相处的时光，认真对待你热爱的事情。

等手持终端设备的电子辐射对人体健康有着莫大的危害。

许多人睡觉时更习惯把手机放在枕头边或者床头柜，其实这等于慢性自杀，因为我们的大脑会持续受到手机电磁波辐射的危害。

我曾去看望一位L老师，见到他时，他的整个人状态很不好。师母告诉我，因为L老师是班主任，操心太重，睡觉的时候还怕学生给他打电话，所以每次睡觉都会把手机放在枕边，也不肯关机。前阵子他觉得头痛，去医院检查才发现脑部长了一个很大的瘤，幸好及时做了手术，不然后果不堪设想。医生说，罪魁祸首就是手机。从此，L老师再也不敢在入睡的时候把手机放在枕边了。

著名主持人董卿曾在一次采访中说过，她有一个习惯，就是手机和其他电子产品绝不会带进卧室，临睡前读书一小时，看完书就安心地入睡，心无杂念。她深知只有健康的生活习惯才是最重要的，也是爱自己、爱家人的体现。

睡前不看电子屏幕，我们才有时间去阅读或是与枕边的爱人聊天，这有助于你在愉悦的环境中入睡，让你以饱满的精神状态迎接新的一天。

4. 留出时间

现代人的生活压力真的很大，每天都在为了生存奔波忙碌着，房奴、车奴、娃奴，他们总是如此调侃自己。不管是年轻人还是中年人，活得都像一根紧绷的弦，生活里充斥着焦虑与紧张，好似随时都会断裂。

其实，如果你学会在高压的生活状态下给自己留出一段放松的时间，就能储备更多的精力，让自己在工作和生活中游刃有余。

每一天给自己一段放松的时间，你可以晨起做瑜伽，饭后散步，睡前阅读。

每一周给自己一段放松的时间，你可以看一场电影，回家与父母话家常，陪孩子去一趟游乐园。

每一个月给自己一段放松的时间，你可以带着爱人去近郊游玩，去书店听一次名家的讲座，去音乐厅听一场钢琴演奏。

每一年给自己一段放松的时间，你可以去见一个你一直想见的人，去一个你一直想去的地方，去做一件你一直想做的事。

放松下来，天高海阔，你会感受到来自美好人与事物的力量。

这个世界，除了赚钱，还有很多有趣的事情可以去做。我们不用那么着急着去赶路，有时候停下来，驻足休息，你会看到更多更美的风景，也因此获得更多宁静平和的力量去面对自己当下的生活。

当你开始善于观察自然万物，学会重点关注生活中的人与事，合理使用电子产品，给自己留出放松的时间，你会发现，你开始不焦虑，开始享受生活了。

愿你我都不是为了生活而生活。

余生很长，请多多爱自己。

3
CHAPTER

守住 喜悦

灵魂伴侣不是找来的，是吸引来的

卑微地爱一个人永远无法带给你完整的爱情。

真正值得你去爱的人，

会让你与他以同等的姿态站在一起。

我用 5 分钟确定了，他是我一直在等待的灵魂伴侣

知己相遇，是一刹那的永恒，是灵魂认出了彼此。嫁给你，嫁给爱情，也嫁给自己，我很幸福。

2017 年 9 月 5 日，一个伏案写作的夜晚。忽然，微信里有一位读者朋友留言：“给你发个男士的微信号，他叫闫凌，阳光乐观，他非常了不起，常人比不了。我也把你的微信发给他了，他会惊讶于你的美丽和才气。若能介绍你们成为志同道合的一对璧人，我该多开心。” 这个利落的短消息之后，就是闫凌的微信名片。

加了闫凌的微信之后，我首先被他微信头像阳光般的笑容给融化了，然后我像个好奇的小孩一样翻阅他近期的朋友圈。

那天，闫凌正在突尼斯旅行。我告诉他：“我出生于 1989 年 12 月，家乡在湖南湘西土家族苗族自治州泸溪县浦市镇，那

是一座偏僻、美丽的千年古镇。父亲是供销社主任，母亲是医院出纳。父亲爱书如命，藏书几千册，我受父亲的影响，从小就喜欢阅读书籍。2015 年，我从陕西科技大学研究生毕业，获得了艺术设计硕士学位，成为西安一所大学的教师，教授艺术设计专业课程。我已出版了一本散文集《见素》，一本短篇故事集《当茉遇见莉》。教师的职业占据了我所有的时间，我无法再潜心写文，有时想写一篇文章不得不通宵达旦，这并不是我想要的生活。一年后，我辞去大学老师的工作，离开西安，回到故里浦市古镇，成为一名自由写作者。我的第三本书《你的人生终将闪耀》将于 2017 年 10 月出版，我还在当地开了一家'遇见美宿'，每天都过得充实且快乐。"

我也从他的言语中惊喜地发现，我们有相同的爱好。他是环球旅行家，用 8 年时间去了世界上 100 个国家，出过畅销书《去吧！去全世界最美的地方》。而我通过《知音》杂志对他的采访得知，他的父母都已离世，他的心是孤独的……

我发微信给他："你回国之后回湖南湘西浦市古镇吧，我给你一个温暖的家。或者说，我们共同创造一个家。也许这样的话有些唐突，但是我确定我们是灵魂相近的人。"

我还对他说："我不需要房子、车子、存款，我只需要爱与陪伴。而且只要我们努力，这一切都会有的。" 我几乎是用 5 分钟的时间，做主了自己此后的生活，我非常确定他就是那个陪我走完一生的伴侣。

他长我 8 岁，对人和事更理智、更成熟，他回复说："谢谢你如此信任我，但我希望你是在了解我之后再做出人生重要的决定。”我们约定互相了解一段时间，再决定是否在一起。很久很久以后，我依然感谢自己初识他时的勇敢。

我们的时差相隔7个小时，他醒来的时候，我正生活在下午2点。后来几日，我们像认识了很久的老友一般，谈心聊天，聊生活、旅行和梦想。他行了近万里路，我读了近万卷书，我们的“三观”出奇地一致。

3天之后，闫凌在微信里深情地对我说：“我确定，你也是那个我一直在等待的人。等了这么多年，终于等到你，我愿意和你一起读书、写文、旅行，了此一生。” 读了他的话，我掉下了眼泪，为命运的神奇感动。我更加深信，当勇敢做自己时，真的会遇见与自己灵魂相近的伴侣。

4天后，9月9日，我们就在小镇确定了婚房，房子是我去看的，他毫不犹豫地把身上仅有的存款6万元转给了我，让我先去付房子的部分订金。他还决定把父母在北京留给他的房子卖了，卖房子的钱用于装修我们的婚房。我起初不同意他这样做，一来这是他父母留下的房子，有纪念意义；二来是这个房子在大城市，以后都是会增值的，现在卖掉可惜了。可是他却坚决要这样做，他对我说：“买房、装修房子都需要用钱，我不想让你有任何经济上的压力，我希望你每天都过得快快乐乐，无忧无虑。卖掉房子就可以让我们暂时不为钱担忧。”

他的朋友们知道了这个消息后都难以置信，都怀疑闫凌是不是被骗了，还没有与姑娘见面，就把钱转给对方，更让他们觉得不可思议的是，我们在网络上相识才短短 4 天，他就要卖掉房子，决心离开大城市，去湘西小镇生活。闫凌却坚定地对我说："我相信你是我最值得信任的伴侣，我愿意陪你在你热爱的地方生活，一起做我们热爱的事情。"

10 月 11 日，北京时间下午 4 点，闫凌在摩纳哥用无人机拍照，摩纳哥的时间是上午 9 点，他发微信说待会拍完照再联系我，可是 1 个小时后，他杳无音信。之后那几个小时，我不断给他发微信、发短信、打电话，全部石沉大海。我很担心，预感到发生了不好的事情，眼泪大滴大滴地往下落。北京时间晚上 9 点，我终于收到他的微信，原来他飞无人机时被当地警察局当作间谍抓了起来，他怕我担心，偷偷用手机给我发了微信。在经过几个小时的审问之后，他终于澄清自己的身份，走出警察局。这个小插曲让我发现，自己已经深深地爱上了他，他的安危无时无刻不牵动着我的心。

他带着孤独的心环游了 100 个国家，我用爱带他回家

11 月3 日，闫凌回国了。他第一时间去办理卖房的相关事宜，他知道我们急需这一笔钱付婚房的全款与装修。我搭乘高铁去北京见他。当我抵达北京高铁站，他从出口走出，远远地跑过来，怀里抱着一捧火红的玫瑰花，给了我一个大大的拥抱，温暖而安定。与君初相见，犹如故人归。我们好似是相爱很久的恋人，久别重逢。

他从国外带给我许多礼物。有梵高画的明信片、香水、口红、手链、耳环、异域风情的长裙……好像是要把他眼里的全世界都带给我。

看到他 11 年前的照片，我不敢相信自己的眼睛，因为现在的他比那时更年轻、更阳光，也更帅气。8 年前，他还是一家公司的高管，每天西装革履，戴金边眼镜，皮鞋锃亮。27 岁的他过着在外人看来很体面的生活，拿着几十万的年薪，每天打交道的都是社会的上层人士。但是，那时的他并不快乐。

2009 年的元旦，他的母亲和祖母在不同的城市相隔 3 天相继因病去世，她们是他的至亲、至爱，也是在父亲因车祸离世后，这世间他仅剩的直系亲属。她们的离去对他的打击很大，悲伤中，他思索着未来，最终决定换一种活法，给人生更多可能。于是，他辞掉了高薪的工作，开始了出国旅行。

从 2009 年第一次出国旅行，到 2017 年秋，8 年时间，他独自去了世界上 100 个国家，足迹遍布世界 2/3 的区域。他不再穿西装，而是穿牛仔裤、T 恤、徒步鞋。他活得越来越像一个少年，甚至忘记了自己的年龄。他说，很多时候，觉得自己才大学毕业呢。

万里路途，开阔了他的视野，打开了他的生活，让他长出了一颗极为珍贵的平常心，不管遭遇怎样的艰难险阻，总可以积极应对，笑对人生。在路上，他也曾有过好几次命悬一刻、千钧一发的经历，比如被野生犀牛追赶、被激流冲走、乘坐飞机时遭遇雷暴等。对我说起这些经历的时候，他总是云淡风轻，可我还是觉察到了他行走百国的艰辛，我由衷地对他心悦诚服。

当看过他在许多个国家拍下的“一字马”照片时，我惊叹，他真是一个被旅行耽误了的运动健将。他指着地图上自己曾去过的地方，我又忍不住发出惊叹，日行两万步，那要走多少步才能走完这么多国家呀。我羡慕地翻看着他在世界各地拍下的照片，他笑着对我说：“此后，你就是我的全世界，我不会再独自去远行，我愿意为了你去你的小镇生活。以后你想去世界上任何一个地方，我都可以马上带你去。”

在北京那几天，闫凌带我去逛了胡同，带着我去见了他的姨妈，他告诉姨妈，他终于找到了陪他走完一生的人。姨妈舍不得他去那么远的地方生活，更舍不得他卖掉自己的房子，可是闫凌的心非常坚定，为了我，他什么都愿意。

2017 年 11 月 12 日，他带我去香港旅行。他说自己一个人游遍了全世界，以后不要再独自远行，走到哪都要牵着我的手一起去。他出现之后，我常常会幸福地傻笑，我愿意一生一世这样笑下去。我珍惜着与他十指相扣，走在川流不息的人潮中的快乐。他对我的照顾细致入微，从不会大声对我说话，温柔如蜜。每次蹲下来为我拍照都极其用心，他愿意为我记录下每个美好的时刻。我知道，此生遇见这样爱我的人，有多么不容易。

11 月 14 日，闫凌带我去了迪士尼乐园，在一个城堡前，只有我们。他从背包里取出戒指，单膝下跪，深情地望着我说：“菁菁，我爱你，嫁给我吧。”他的眼睛里满是星辉，像月光的余晕，有着我从不曾遇见的赤诚与深情。蓝天下，我们深情相拥，好似拥有了这世间最好的幸福。所有的相遇，都是久别重逢。

那一世，我们该是爱过很久很久的恋人，也许还许下过我们无法记忆起的、要爱几世的诺言吧。从此，我在哪儿，他的家就在哪儿；他在哪儿，我的梦就在哪儿。

在湘西偏僻古镇，我们共同创造了一个温暖的家

从香港回来后，闫凌与我一起回到浦市古镇，见了我的父母。他乐观开朗、博学健谈、心地善良、有礼有节，父母都很喜欢他。我带着他去看了我们的婚房，三室两厅。三室分别是卧房、我的书房、他的书房，我们有彼此相爱的空间，也有各自工作、思考的空间。站在客厅可以看到百亩荷塘，风景宜人。他把我紧紧拥抱在怀里："你在这里，所以我的家就在这里。"

接下来，闫凌在网络上买各种家具、日常用品，因为小镇里卖的东西都达不到他的审美要求。这不是小镇与北京的距离，而是小镇与全世界的距离。他非常追求生活品质，也是一个极其浪漫的男人。他为我们买了欧洲进口的昂贵床垫、双人浴缸，牙刷是电动的，毛巾架是有烘干功能的……每件生活用品他都精挑细选，很多用品小镇里的人几乎从未见过。他说："要把钱花在别人看不到的地方，才能真正地提高生活品质。"

他还主张用科技解放双手，买了洗碗机、扫地机器人、擦玻璃机器人、烘干机……各种生活"神器"，让一直生活在小镇的父母大开眼界。他说："解放了双手，我们才有更多时间去做有趣的事情。"

我们没有像常规的家庭装修一样装上电视，因为我们都不爱看电视，它对我们就是多余的。他从网上买来了投影仪和白色幕布。我们时常在暮色四合的时候在家中看经典电影。看电影的时候，我们也会十指紧握，那是一种自然而然的动作，藏着我们满满的深情。

闫凌与我生活了一段时间，发现我有个缺点就是什么都攒着，导致家里各个角落堆积着不用的东西。他告诉我："生活中要断舍离，当你买一件新衣服的时候，先扔掉一件旧衣服。那些你不用的东西就赶紧送人或者处理掉，那些你觉得很贵舍不得扔的物件，只要你不用，它就一文不值。"他的话语总能带给我很多启发，让我学会了删繁就简，并且开始追求有品质的美好生活。

我的父母很心疼他，把他当儿子一样对待。他有一点感冒，母亲比我还着急，让我督促他吃药；他在网络上做的事情太多了，母亲担忧他，一直嘱咐他要减压；他喜欢吃素，父亲时常变着花样给他做好吃又有营养的素宴；他喜欢喝粥，父亲每天早起为他熬他喜欢的粥，关爱都在生活的细节里。

闫凌也很孝敬我的父母，把他们当成自己的亲生父母。知道母亲爱吃鱼，就在网上买了许多海鱼寄到家里；看到在潮湿的雨季，母亲总是忧愁如何晒干衣服，他就在网上买了烘干机给母亲，母亲用了觉得特别方便，还把这个生活神器推荐给了舅舅；他看到父亲用手剥栗子十分费力，便在网上买了剥栗子的神器，父亲收到后剥栗子更方便了；母亲生日那天，他知道父母喜欢梅花，便与我一起陪着父母去吉首市看梅花，给母亲买新鞋，与父亲争着提东西。他对父母的好，也让父母更加欢喜。母亲对我说："你嫁给这样会心疼人的男人，一辈子都会幸福。"

他刚来湘西浦市古镇生活的时候，有很多的不适，因为南北的生活习惯差异太大了。首先是天气差异，北京的冬天虽然气温低，但是室内有暖气；南方小镇的冬天不仅室外温度低，室内还没有暖气。在冬天最冷的那几天，空气湿冷，在家里都能哈出白烟，羽绒服、棉袄、帽子、手套全都用上了，依然冷得不行。他只好从网上买来了暖气片放在卧室，我们就在房间里用暖气片取暖。其次是饮食习惯的差异，北京人吃得清淡，可是湖南人是无辣不欢，家家户户炒菜都得放上辣椒。他刚来那阵子，总会被辣到不行。一个湖南女婿告诉他："没关系，我以前也不吃辣，后来，比当地人还能吃辣了。"他渐渐也能吃一些炒了辣椒的菜，有时候还会打趣说："不够辣呀，还可以再辣一点。"最后就是休闲方式的差异，在大城市有电影院、博物馆、图书馆、音乐厅……他在北京会定期去电影院看刚上映的电影，去音乐厅听古典音乐，去美术馆看莫奈的画展；可是在小镇,我们只能在家用投影仪看老电影,去野外听自然之音,在赶集之日看农妇把蔬菜摆成好看的样子。他并没有觉得这样的差异会带来心里的失落，反而很欢喜，觉得这样的日子是美好的。

闫凌陪着我一起打理"遇见美宿"，我希望有更多人能够住下来，静心感受这个千年古镇的美，也希望自己能打造一处"诗意的栖居"之地。他们无法在现实里如愿地生活，可以在这里遇见。

“遇见美宿”位于湘西浦市古镇沅江河畔万荷园旁，共600多平方米，三层楼，前庭后院，是新中式简约风格的特色精品民宿。美宿的前庭有江南园林的意趣，圆形景观暗喻着天圆地方。

水从砖石上滴落下来，老旧的石器里种着绿色铜钱草，这是旧与新的融合。坐在木椅上，丝竹之声伴着流水声、松风声、树叶声，声声入耳。金鱼在水池中嬉戏，孩童总爱与一池的鱼儿一起玩耍。

美宿前庭、后院种满了植物，一年四季都有繁花盛开，在这样的环境生活，心会得到滋养。哪怕客人只住一天，也会获得心灵的愉悦。

庭院树影绰绰，流水潺潺，鱼在水中游，鸟在桂花树上孵蛋，绿植里隐约传来阵阵虫鸣。昨日红色山茶盛开，今日香槟色的月季开了，过几日白色的栀子又纷纷怒放……姹紫嫣红开遍。远道而来的客人都以为误入了古书里才有的“世外桃源”。

走廊上挂着我的摄影作品，有着属于我个人的审美气息。我愿做这世间美的记录者，用笔、镜头，记录我所遇见过的真善美。

没有了城市里的忙碌，也没有了应酬，有的只是朝朝暮暮对着一颗素心，过着朴素嘉美的日子，专注于心中热爱的事。

多么幸运，我遇见了深爱的伴侣。他放弃了北京优越的生活，放弃了全世界，只为我而来。我们朝夕相处，从牵手那刻起，就再也没有分开过半步。如今，我们活得好似是一个人了。

他是我见过的最好的男子。有着明朗的笑容、英俊的眉眼，以及一颗如湖泊一般清澈、干净的心。他倾其所有，把全部的爱都给了我。

化繁为简，时间给予了我爱的人、爱的事物。安住在美好的生活里，每日笑容灿烂，从容面对悲喜。不骄不躁，不紧不慢，与过去的自己和解，珍惜当下的每分每秒。要勇于担当地活着，也要幸福地去生活。简单专注的生活反而让我内心更加丰沛，我活成了自己梦想中的样子，这是最让我快乐的事情。

让自己融入大自然，山川风月都印在了眼眸中，绵长风物都融入了血液里。

一位朋友曾对我说："我从外地专程坐高铁来浦市古镇'遇见美宿'，首先是被你的人格魅力吸引，然后是被你们美好的爱情所吸引。你们活成了无数人梦想的样子。"

愿有更多美好，从遇见开始

因为我们都是自由职业者，所有时间都属于自己，所以我们无时无刻不在一起，如胶似漆。比如一起去菜市场买菜回来研究烹饪；一起沐浴在阳光下读书；一起依偎在沙发上看电影；一起手牵着手去荷塘边散步；一起在"遇见美宿"与四方的有缘人聊天；一起拿着相机给远道而来的客户拍照；甚至我在学钢琴的时候，他也静静地坐在一旁陪伴着，音符在我的指尖流淌，爱的乐章在我的心间缠绕。

不管我去参加什么活动，去哪儿举办新书分享会，闫凌都会默默陪在我的身边。我在台上，他会在台下深情款款地凝望，或拍下我自信快乐的样子。他一直在，我会心安。

2017 年 11 月 25 日，我的第三本书《你的人生终将闪耀》新书首发式在吉首市乾州古城湘西文史书舍举行。我在台上坐着，分享自己的写作经历，倾听前辈的话语；他在台下背着笨重的相机，四处奔走为我拍照，记录我的每时每刻。整整 3 个小时，他不曾歇息，不曾喝水，变着姿势为我拍照，完全不顾及自己，甚至跪下来用心、用镜头捕捉我最好的样子。

那天晚上他累坏了，犯了头疼。看见他躺在被窝里痛苦的样子，我很心疼，学着母亲照顾我的方法，用热毛巾敷他的额头，一遍遍轻声问他："好些了吗？还疼吗？"

他的眼角溢出了泪，他说："自从所有至亲离开后，不管是挫折，还是病痛，都是一个人硬着头皮熬过来的，很久，很久，没有人再这样细致入微地爱着我了。"

当我听到这句话的时候，我便在心里发誓，一定要给他更幸福的家，给他全部的爱，他不会再是一个人。此生，风雨同舟，我们一起走。

有一阵子，我的身体变得虚弱，身体各部位会毫无征兆地疼痛，他陪着我从小镇到市里的医院做检查。医生说，我的下腹有一个包块，需要再做 B 超确认是否是肿瘤。做 B 超的前一天下午，我躺在他的怀里。

"我真的好害怕，害怕如果是肿瘤会做手术。"眼泪在我的眼眶里打着转。

"不要害怕，凡事往好处想，就算是生病，还有我陪着你呢。”他的话语温柔中透着力量。

我的眼泪刷地落了下来。我并不是害怕病痛，而是因为他给我的爱，我的眼泪想要铭记。他好像和世间任何一个男子都不一样，他有一颗金子一般发光的心。B超结果出来，并没有肿瘤。他用左手牵起我的右手：“今天的阳光真好，走，我带你去晒太阳。”他温情的眼神好似在告诉我，什么坎儿都能一起去面对，一切都会越来越好的。

因长期伏案写作，我常颈椎痛。他带着我一起做颈椎操，喊着节拍，站在我的对面，每一个动作都如此标准。我每隔一天都要去按摩店按摩颈椎，他每次都会陪着我一起去，不管等多久，也从不埋怨。

他也有严厉的时候，如果做颈椎操的闹钟响了，我还沉迷在工作中，他就会把我的电脑迅速关上，我怕他生气，总会乖乖地去做颈椎操。如果我按时锻炼，不用他提醒了，他也会在一旁鼓励我：“菁菁真棒。”

他说：“你的灵魂走得太快，要让它等等你的身体。只有身体好了，我们才可以去做更多美好的事情呀。”因为他，我想活得更久一些。所以此后的每天，我都会在工作、学习之余坚持做锻炼。这样我就能陪他更久一些，再久一些了，我怕他一个人在世间会孤独。

2018年1月1日，他陪着我千里迢迢去了云南腾冲和顺古镇，和我一起采访了三对过着理想生活的伴侣。我之前去过许多地方旅拍，一个人背着沉重的行李与单反器材，一心想着给客户拍最美的照片，无心顾及自己的疲累，也无意去看景。与他在一起后，他连小背包都不让我背，因为疼惜我的颈椎。他一直背着笨重的包，陪在我身边，包里有相机、装着热水的保温杯、外套、手机充电宝……每隔半个小时他会取出保温杯叮嘱我喝热水。

我想我永远都会记得那个美丽的画面，我们站在和顺古镇的稻田之中，相伴着一起看动人的晚霞。霞光照射在旷野之中，我们的身上也都披着橘色的光。

他愿意陪着我去做每一件我喜欢的事情。在人生的路途中，随时有他这双可以紧握的手，随时有他的肩膀可以依靠，这样的幸福，我知足。

2018 年 2 月，我们订婚了。我们结婚的日子也定在了这一年的 9 月，准备在浦市古镇青莲世第举行一场中式婚礼。其实，我们早已在第一次相见时就视对方为夫为妻了。我带着他见了我的亲戚，大家都觉得他既阳光帅气，又彬彬有礼，这样的如意郎君打着灯笼都难找。还有人说我们有夫妻相，好像上辈子就相伴了一生。

我们说好了，等到客栈淡季的时候，他就带着我环游世界。

最好的爱情，是彼此成长

与闫凌在一起，我总是百倍的温柔，从不会对他大声说话，更不会对他发脾气。我每天带着他一起去山野里散步，感受大自然的美好，给他讲我小时候的趣事。我们一起看书、摄影、健身、看电影、旅行，把日子过成了彼此梦想中的样子。

他总是会一脸幸福地对我说："你就是上帝送给我最好的礼物。"

一个女人真正的幸福，并不是男人给予她物质上的财富，而是给予了她全心全意的深爱。

你说，愿意陪着我去做每一件我喜欢的事情。

你知道吗？陪伴，就是你送给我最珍贵的礼物。

在人生的路途中，随时有你这双可以紧握的手，随时有你的肩膀可以依靠，这样的幸福，我知足。

不管走到哪里，我们都会十指相扣。我才深知，对一个人有多深情，就会将对方的手握得有多紧。温暖、在乎、疼惜。因为珍惜，我们都是彼此生命里美丽的存在。他追求着行万里路，我追求着读万卷书；他理性，我感性；他喜动，我喜静；他在生活中总是断舍离，我总寻多益善；他语言表达能力强，我更擅长书写；他凡事乐观面对，微笑每一天，我多愁善感，容易落泪；他从小在城市长大，满目繁华，我从小在小镇长大，满目青山……我们有着完全不一样的成长背景，完全不一样的性格，见过完全不一样的风景，我们将这些不一样全部揉合，变成了两个更好的自己。

因为他，我变得爱笑、自信，乐于去运动，不惧怕表达，生活中删繁就简，对世界有了新的认识与更美的期待。

这就是最好的爱情吧，它能带给一个女人成长的阳光，遇见更好的自己。

闫凌说："前半生，我已经实现了环球旅行的梦想；后半生，你的写作梦、摄影梦、钢琴梦、故乡梦，我都会陪着你一一实现。”

灵魂伴侣，惺惺相惜，两个辽阔的世界，一种相似的生活。

此生最幸福的事情，莫过于与他相遇、相爱、相守。

亲爱的你，谢谢你放下全世界，为我而来。

我愿与他去做所有美好的事。

我愿每天清晨，都真心地对他说一声：“我爱你，永远。”

感恩相遇，此生有他，我方解知足的真意。

陪伴，就是你送给我最珍贵的礼物。

不负等待，我终于嫁给了爱情

空气甜甜的，湿润的。

我与爱人闫凌坐在开往北京的高铁上，准备夏至那天在北京领结婚证。

父母在邻座看着车窗外的风景，我看了看他们，又看看闫凌，他们都是我的至爱，如今都在我身边，美得不敢置信，但，是真的。一切都真实美好。

我微笑着靠在爱人的肩膀上，看完了一部关于发生在俄罗斯的故事的电影《西伯利亚的理发师》。电影里出现了莫斯科的瓦西里·勃拉仁内大教堂、克里姆林宫等著名建筑，这是我一直向往的地方。他说："余生只要是你想去的地方，我都会带你去。"

我巧笑嫣然。如今既有当下的小镇恬静生活，又有诗意的结伴远行。两人相伴读万卷书，行万里路，做心中热爱之事，在这美丽的人间做形影不离的追梦人。此生足矣。

看完电影，我从包里取出庆山的新书《镜湖》。我从少女时代就迷恋她的文字，10 年过去，我依然是她文字虔诚的追随者。这本书里夹着一张明信片，上面印着庆山的近照。她的眼神干净、澄澈、坚定，像极了她笔下的文字。这是一本精选集，文字时间跨度将近有 18 年，读她的书让我不忘初心，文学就是我心内的一面镜湖，映照着我对生活、梦想、爱情的赤子之心。

2017 年 11 月 3 日，我也是坐着这趟高铁从湘西去往北京。那时他刚从非洲回来，我经过两个月心心念念的等待，终于要与他相见了。是的，那是我与他的初次相见，独自坐在车厢中，翻阅的亦是庆山早年写的一本书。我心中没有任何顾虑与紧张，仿佛是要去见久别重逢的爱人。

至今，我的记忆中一直存留着这样一幅画面，他捧着一大束玫瑰花奔向我，笑容灿烂，似一道光，瞬间照亮了我的人生。

从那以后，我再也不是孑然一身，不管在哪里、去哪里，我们都十指相扣，互相陪伴，望向对方的眼神里是满满的爱。我们一起去了香港、澳门、广州、郑州、终南山、腾冲，接下来还计划去世界上更多的地方，看世间美景。我们一起在我的故乡湘西浦市古镇安家，打造了“遇见美宿”，成就了无数人的梦想。

遇见他之后，我开启了下半场的幸福人生，安心、欢愉、幸福，这几个简单的词语实现起来却是要踏过千山万水，越过无数滩涂。我是多么幸运，遇见了属于我的那个灵魂伴侣。

合上《镜湖》，看窗外一望无际的金黄麦地，日影穿梭，倏尔即逝，又迅速交叠。闫闫接了温水让我喝，父母带了自家菜地里的新鲜黄瓜，给我洗干净当零食吃。黄瓜清新爽口，我咀嚼大自然特有的甘甜，体味生活简单本真的幸福。此时此刻，生命中最重要的人都在身边，幸福裹着我们，我们深深被爱，感谢生命眷顾。

家，不是一个房子，而是有爱的地方

清晨出发前，母亲还从院子里摘下数朵洁白茉莉，放在普通的纸巾上面欢喜地递给我。她递过来的那一刻，有一种郑重的仪式感。好像是在告诉我，虽然女儿不在家住了，但是爱和祝福如这花一般，常开不败。只要一伸手，就能触到。爱从不在远处，转个身就能握住。

父母、爱人闫闫都是特别善良、心存爱与感恩的人，他们带给我的也是这世间最美、最洁净的那部分，让我更加相信真善美，相信爱。

抵达北京，我们住在前门两居室的公寓，为了保证良好的睡眠质量，闫闫从家里带来了颈椎枕，枕头占了行李箱 1/4 的空间。只要是为我身体好，闫闫从不怕麻烦。

次日，我们带着父母去看闫闫的姨和姨父。姨父做了一桌子的菜，色香味俱全。姨虽然年过古稀，但是精气神特别好。她一辈子都爱美，为了保持好身材，有着惊人的毅力。她每天都要走一万步，每顿饭只吃一点点米饭，肉吃得少，更多是吃蔬菜。70 多岁的老太太，背影看起来还似 17 岁的少女。前几年她还参加过品牌代言人比赛，参赛者多是60岁以上的女性，她获得了北京第一、全国第五的好成绩。美会留给每一个自律的女人，从来没有年龄的限制。

姨说到闫凌的时候，眼眶禁不住湿润了，哽咽着对我说："他父母去得早，一直跟着我住，早把他当儿子看待了。他是苦过的孩子，但是懂事、开朗。他要跟你去湘西生活，想想那么远，真舍不得。"

我们答应她，会常回北京。

闫凌曾多次对我说他对家的理解："家，不是一个房子，而是有爱的地方。你在湘西，湘西就是我的家。"

在北京的日子，我与闫闫每日都有工作安排，父母就结伴着去逛故宫、琉璃厂、大观园……父母结婚已30年，但是从未红过脸，两人在漫长的岁月里相亲相爱、相依相伴，十分恩爱。父母的爱情，一直是我少年往后的美好向往。

这30年，他们从未分开过一天，去哪儿都手牵着手，母亲对父亲特别依赖，父亲把母亲宠溺成了永远的少女。

当父亲牵着母亲的手、闫凌牵着我的手，四人一对前对一后走在路上的时候，我分明觉察到溢上母亲与我脸上的是相同属性的甜蜜笑容。母亲曾不止一次告诉我，虽然父亲没有带给她锦衣玉食的生活，但是她得到了他三十年如一日全心全意的爱与心疼，如果有来生，她依然会嫁给他。

虽然是传统女性，但母亲并不在乎婚姻是否能带给她物质的丰裕，而是注重精神的丰盈。物质生活两人可以共同奋斗，美好的爱情也需要两人一起悉心经营。给予对方天长日久的心安、喜悦、陪伴，朴素的日子都会闪耀动人的光芒。

父母对待婚姻的态度会在潜移默化中影响自己的子女。这让我在选择人生伴侣时也暗暗期待能找到如父亲这般心胸宽阔的、可一辈子依靠的男人；在选择亲密关系的相处模式时，也最喜欢无时无刻不在一起的方式。

许多人不喜欢与伴侣成天黏在一起，但是我喜欢这样的陪伴，恰好闫凌也喜欢陪在我身边。相处模式的契合，迅速增加了我们的幸福指数。

之前去香港，我带着一个小行李箱和随身包，这次的北京之行，他包揽了所有的行李箱，甚至随身的小包也不让我带，所有需要用的物件都一起装在他的背包里。他心疼我，随时都想着要为我的颈椎减轻负担。从此我再也不用考虑其他繁杂事情，只管握紧他的手，一往无前！

我时常会问自己，在遇到他之前，我一个人背几十斤的沉重行李四处旅拍，是如何走过来的？现在，终于可以成为一个人心爱的公主，被他如珍宝一样疼惜。

我每到一个城市，都会让闫闫陪我去当地的书店。这次来北京去了PAGE ONE，里面的书籍种类颇丰，我淘了许多艺术类、生活美学类书籍。三楼刚好有一个漆器展，我们挑选了一个设计简洁却不简单的碟子，准备带回家盛放水果、点心。

这是居住在大城市的好处，有图书馆、博物馆、书店、购物商场、电影院、戏剧院，有很多个人发展的机会，还有很好的医疗条件，但是这里的交通时间成本也很高，我们每天出行基本在地铁上花费的时间是4~5个小时，只是奔走于各个地铁站，我们一天都能走上万步。

生活在小镇虽然交通不便，医疗条件一般，各种资源都很匮乏,但是我们可以拥有新鲜的空气、放松身体和心灵的慢生活、健康的有机蔬菜、亲近的邻里关系，与一群“三观”一致的朋友做一些对家乡有价值的事情。所以，我们还是决定在湘西浦市古镇定居生活，定期去一些大城市汲取最新的知识与信息。

人的生活状态取决于自己的选择。不管选择哪一条路，只要内心快乐，能实现自身价值，就很好。

夏至那日，北京晴空万里，父母陪着我们一起去东城区民政局领证。夏至是一年中白天最长的一天，我们的爱情也会走长长久久的一辈子。

一纸婚书，同心永结。

不负等待，我终于嫁给了爱情。

余生的路还很长，你终会如我一样，嫁给爱情

如果想嫁给爱情，你得学会等待。

身边有朋友怕成为高龄剩女后嫁不出去，就匆匆找了个人组建了家庭；还有朋友向我倾诉，自己总是遇人不淑，只怕要孤独终老。其实，只要我们足够有耐心，真的会等到那个正确的人。

何为“正确”并没有标准答案，但是必不可少的是两人“三观”一致。当他出现的时候，你能马上分辨出他是否是那个能

陪你走完余生的人。衡量最佳伴侣的标准并非是有房、有车、有存款，而是有心、有爱、有担当。两人的结合并不是因为对方的社会地位、金钱、工作，也不是因为对方外在的美貌与迷人的身材，而是对方的心地与灵魂，这才是承载美好婚姻的基石。

就像我与闫凌领证之时，我已29岁，他已37岁，如我们一般年纪的夫妻，膝下儿女都可吟诗了，但是我们在此之前并不着急，我们都知道，只有先成为更好的自己，才能在最好的状态遇见彼此。

我们仍觉自己是行走在青春白桦林里的少年、少女，有着对于爱、生活、梦想最为赤诚明亮的心。

只要是灵魂伴侣，来得晚一点又有什么关系呢？

余生的路还很长、很美，你终会如我一样，嫁给爱情。

如果想嫁给爱情，
你得学会等待。

愿你正在爱着，且永远爱下去

爱，是你所爱的正好我也爱

去年“十一”长假后，我在毛泽东文学院有为期21天的学习机会。

得知消息后，我第一个念头便是带上爱人闫闫，他也毫不犹豫地说：“我想跟你一起去，当你的‘书童’。”

自我们订婚已有大半年的时间，这大半年里我们没有分开过一天，我们就像彼此的影子，相见欢喜，形影不离。我们已习惯了陪在彼此身边，习惯了每晚睡前互道晚安。有他在身边，我每晚微笑入睡。

朱熹先生说人生最重要的两件事：一是求得立足之处，二是求得心安之所。而他在的地方，便是我的立足之处，心安之所。

10月9日，因为要赶车，我们早晨5点30分就起来收拾行李。

行李箱里放上这一个月要换洗用的衣裳，我特意带了几件旗袍。女子对美的服饰总有贴心的爱，衣裳便是穿在身上的灵魂。我还带了几本想读的书：蒋方舟的《东京一年》、陶立夏的《生活的比喻》、董桥的《清白家风》，以及毛姆、黑塞、夏目漱石、伍尔夫等名家的文学作品合集《青年到此为止》。

忙碌的脚步从未停歇：8 月俄罗斯度蜜月、9 月“菁凌”中式婚礼、“十一”7 天假给客人拍照……身体虽于忙忙碌碌中，眼睛和心灵却都在天堂，甜甜蜜蜜的。忙碌中少有闲暇时光可以看书、写文，如今终于有一段无忧无虑与文学耳鬓厮磨的日子，我内心泛涌的暖意，明亮又雀跃，这是与文字依偎在一起的大好时光。

开往长沙的车上，我俩有说不完的话。对于我的事业，闫闫常能给出相当有见地的建议，他的思维开阔、富有启迪，我不由崇拜。张爱玲说，女人要崇拜才快乐。毫无疑问，我的眼角、眉梢都有快乐在冒泡，扑腾扑腾地。

“嗨，我亲爱的环球王子！”我常常不自觉把自己想象成童话故事中的公主，像每一个童话故事应该有的结局一样，王子和公主最后过上了幸福的生活。是的，我与他全然享受每一个当下。

抵达长沙后，我们入住当地酒店，像每一次远行一样，将行李箱里所带的生活物品取出放好，为了保证安稳的睡眠，我特意带了颈椎枕，一夜的安眠可换我一整日的精神焕发。

身体经历过一段低谷期后，我对健康越来越看重，越来越容易知足。仅一晚安睡我都会倍感幸福。我时常省察自身，功名利禄都是沿途的风景，只有健康喜乐才是人生的归途。惟愿所爱之人，相爱之事，常安康，常喜乐。

收拾完行李我们直奔电影院。闫闫特爱看电影，这些年他几乎每日都看一部经典的或者刚上映的电影。家里客厅没有配置电视，却准备了投影仪与移动幕布。闲时我们两人就靠在沙发上看部电影，看到欢喜处一起大笑，悲伤时同时拭泪。相爱，想来本是如此，我能感应你的喜乐，你亦能牵动我的悲伤。

我们常外出旅行，搭乘高铁或飞机，他都会取出轻薄电脑，为我播放提前下载好的电影。观看的过程是一次起伏的连结，也是对世间万象的体悟，当然还能消磨无聊的乘车时光，看倦了就搭在他肩头睡一会儿，不知不觉就到了站 。这样的旅程不管短暂还是漫长，都变得可亲可喜起来。因为我知道，他一直都在。一起并肩的人，不管多晚都能看到彩霞。

我们在长沙看的是刚上映的电影《找到你》，因为是工作日，观看的人并不多。前几日就有朋友向我推荐这部电影，尽兴聊起，末了她说，也许当了妈妈的人看了更会感同身受。

是啊，这人世间的五味杂陈，妈妈体会的怎会少？

有人说：“起初以为电影《找到你》，是一个关于母亲和孩子的电影，但是看到结尾再回想，这其实是一部讲述女性的电影。这里的‘女性’，不仅仅是作为妻子和母亲存在的，还是作为一个独立的‘女性’个体存在的，孩子、家庭与工作，都是她们所遭遇困境的一部分。”

姚晨说：“这个时代对女性的要求很高，却不乏遵从内心的独立女性。”作为这个时代的新女性，我更要遵从内心，找到自己。

很多时候闫闫爱我，都是因为我独立的样子深深地吸引着他。而我爱他，亦如是。

爱让人更加独立，于这独立中却又让彼此深深相依。

爱，是懂你的心

在毛泽东文学院学习的日子，我仿佛回到了年少求学的时代，又想起那时为了得到政治老师一句鼓励时的赤子之心，那些明亮又闪闪发光的肯定，犹如星星之火，给了我光明与期待。在文学院里我每天都能认识一位新老师，听他们授课分享，每天都是艺术洗礼、精神享受，这是一场奇妙的文学朝圣旅程，我唯有奉上虔诚与真心。

我带了一个手提布包装书本，布包上面印着梵高的向日葵，这是闫闫从法国阿尔勒小镇——梵高生活的地方为我带来的，他知道我爱极了梵高的画。布包容量非常大，除书本外还可以放水杯、雨伞、水果。我生命的每一帧温暖，每一处阴晴都在闫闫捕捉到的细节里，他是那样一个知心又善解人意的爱人。

我还有一个随手携带的小手提包，皮质包上印着一幅油画：2/3 处是宝蓝海面，1/3 处是金黄色，仿佛已是清晨日出之时，海面出现几艘渔船，一个头戴方巾的福建姑娘，双手扶方巾，眼眸低垂，嘴唇与方巾上的花朵一样，有着一丝的娇羞。

包是去年参观国家美术馆时闫闫为我选的。文艺类的包贴近我朴素、热爱生活与艺术的心。他很懂我。

爱，是让自己遇见美好

因为颈椎病，我在写作上的速度慢了许多，但我没有放下手中的笔，依然会争分夺秒地读书、写文，立志每年至少出版一本书。那颗心在面对写作时，始终滚烫炙热。这是一份母亲深爱孩子的感情，是不忍停下的。

我拒绝看惊悚、悬疑电影，也拒绝与抑郁、心理阴郁的人相处。我与人聊天时，害怕对方提到疾病与死亡。我生性脆弱柔软，很容易被负面情绪影响，更乐于与乐观快乐的人相处。闫闫正是这样的人，他为我带来了生活的所有阳光。向美而生，向光而行。时常有人说我的文字温柔美好，不会有强烈的冲突与纠缠，我应是从生活而来，为生活而去。生命的弧度永远温柔，文字的笔锋向来温暖。每一位阅读过的朋友，都彼此相互慰藉。

我有时半夜会因身体不适醒来，满脑子都是写作。也许是颈椎病发作，也许是精神压力太大。用手去揉颈椎，看看枕边的闫闫，心里暖暖的，充满慰藉，慢慢又进入了梦乡。

我已渐渐学会与真实的自己相处，那个需要拥抱，需要快乐，需要放慢脚步，需要陪伴的自己。我要勇于做鲁迅笔下的勇士，直面人生，直面真实的自己。

爱让人学会与自己和解，与他人相爱。

爱，是用一颗炽热的心温暖另一颗心

2017 年 9 月我在外出差，深夜突然心跳加速，四肢无力，被救护车送到医院。那时我才追悔莫及，为了追一个又一个梦，十年如一日熬夜，总是不顾身体，急着去赶人生的路，从未放下脚步让自己有片刻休息，最终收到上天“惩罚的帖子”。健康从来不会因为你是谁而额外疼爱你，你不珍惜它，它决然冰冷漠视你。

自 9 月回家后，有半年的时间我都处于一种无比虚弱、精神恍惚的状态。夜夜不能寐，胸口、手心发热，失眠导致第二天更无力，天天如是，从而恶性循环。我意识到要关照自身，于是减少伏案时间，用大段时间散步与发呆，做盲人按摩。我

爱让人学会与自己和解，与他人相爱。

发现自己有严重的颈椎病，每隔几天就要去按摩肩颈。你对健康的忽视，必然被加倍奉还。

可能上天不忍我独自煎熬，派闫闫来拯救我，温暖我。在我身体最低谷的时期，我的王子从天而降，他仿佛带着魔法棒，为我挥去生活的阴霾，他陪着我度过每一段难熬的日子，教我乐观，陪我面对。我开始能从容面对生活里的起起伏伏、跌跌撞撞，然后与他携手此生。

在一次茶书院的分享课中，我认识了主讲老师尹医生，他擅长中医，医术高明。

那日有空，闫闫便陪我来到“国医馆”找尹医生。他为我望闻问切后得出结果：心、脾两虚。他开了中药，嘱咐我多吃银耳、山药、百合，不吃辛辣与油腻的食物，不做剧烈运动，可做瑜伽或散步。

晚上回家之后我会一边洗漱，一边听名医讲《黄帝内经》，开始关注养生。想想自己是幸运的，在 30 岁时出现身体低谷，从而知道爱惜身体，不再任性。同时因为闫闫的出现，我能慢慢休养、调整，最终逐渐恢复健康。

一年过去了，我的身体已有很大好转。失眠、心慌、发热这些症状很少再出现，我可以有精气神去写下一本书稿了。去年身体虚弱，只要伏案工作就会身体不适，写作对我来说，变成了一件困难的事情，在这样虚弱无力的状态下，我依然坚持写完了《向美而生》的书稿。这本书本来预计 2018 年 11 月上市，但因为一些小意外，进度慢了下来，推迟了面世的时间。

一名写作者写一本书，就像十月怀胎，需要付出所有心力。

因为闫闫，我又具备了“怀胎十月”的能力，继续为下一本书集聚能量。

爱让人身心健康。

爱，教我最重要的事情是陪伴你

在毛泽东文学院学习的日子很快到了尾声，这 21 天有幸聆听到 16 位文坛前辈的讲课，收获颇丰，与名家的文学交流是一场知识深度锐化，吸收的力量是倍速叠加的。

不急着去赶路，脚踏实地去写好每篇文章，写好每一本书，即是大好。当我的心踏实了，世间的路便好走了。

10 月 29 日，湖南与新疆作家班在毛泽东文学院举办结业晚会，我和闫闫在舞台上合诵了一首诗歌——《四月的纪念》。声音与眼神深情交融，主持人说，看见我们，就看见了爱情最美的样子，执子之手，与子偕老，正是眼下我们的这般模样！

心里时常对闫闫充满爱与感激，因为如他这般愿意形影不离陪在妻子身边的丈夫，在这个世间屈指可数。陪伴是最长情的告白，他确实做到了。我们没有分开过一天，享受彼此陪伴的日月。我去医院看病、去理发店洗发、去盲人按摩店按摩颈椎、去商场购置新衣……只要我回头，永远都能找到他的身影。

“你花在我身上的时间太多了。”有一刻我情不自禁地对他说出了这句话。心里交缠着既感激又愧疚的情绪，感激的是他的深爱，愧疚的是他爱我胜过爱自己，将珍贵的时间都给了我。

“我愿意陪伴你！”他总是紧紧握住我的手，开朗的笑脸为我洒下一片阳光，温暖着我的每一寸肌肤和心灵。

我是毛泽东文学院第一个带家属来上课的学员。同学们每每见到我们手牵手走在一起，都会表达出心中的羡慕。他帮我背包，送我去上课，其实酒店到文学院走路只需要15分钟。他说包里装的东西太多、太重，执意要送我过去，就像昔日坐在父亲推着的自行车后座上一样，我心里是结结实实的妥帖安稳。

我们牵着手走在路上，路边的火棘长势正好，满枝丫火红的果子好似燃烧的火焰，行人走过都会驻足望一眼，满脸欢喜。走在后面的同学偷偷用手机拍下我们走路时的背影，拍得有些模糊，但相爱的样子如此清晰。

我上课时，他会在酒店房间忙自己的工作，看书、写文、修图……一忙就停不下来，但他不会忘了最重要的一件事：等我下课。

下课后的重点是吃饭，在闫闫的督促下，我现在吃得很健康：不吃辣、不吃甜食、少吃主食、少吃肉、多吃素、多吃水果、多喝水。因为他在身边，我克制住了对食物的欲望。

爱让人学会克制，变得更美好。

爱，可以让人不顾一切。与懂得爱的人在一起，会倍增爱的珍贵和强大，你也将无坚不摧，披荆斩棘，一往无前。

愿你正在爱着，且永远爱下去。

美满婚姻的关键，是你能否先做一个理想的伴侣

微笑，是治愈疼痛的一剂良药

2018 年 12 月，小镇阴雨连绵，持续不断，一颗心也随着潮湿起来，日日盼着阳光能够普照万物，再给心一点温度。

就在这个细雨不断的冬季，闫闫时常觉得右腿膝盖关节疼。一开始是走 1 个小时后右腿膝盖就酸软无力，这时他并没有将其放在心上，以为休息几天就会没事，谁知到后来仅仅步行 15 分钟右腿膝盖就疼痛难耐。

见他如此，我一日比一日担忧，赶紧带着他去市里的大医院检查，结果让我们措手不及：他的右腿半月板撕裂，需要做手术。我顿时六神无主，这个手术到底危不危险？

闫闫自知这个病是自己日复一日、年复一年累积下来的。他用 8 年时间，独自一人走遍了世界七大洲的 100 个国家，每

天徒步背包走两万步，鞋子走破是常事。他有超越普通人的弹跳力，跳起来，双腿能够形成一条与地面平行的直线，见过他“一字马”照片的人无不赞叹他的勇猛与高超的弹跳能力。他每到一个全新的地方旅行，都会做“一字马”动作，拍下特别的空中飞人纪念照。

“一字马”正是这次病症的“罪魁祸首”。医生提醒闫闫，他在做“一字马”之前忘了一件很重要的事情：热身运动。因为“一字马”属于剧烈运动，而剧烈运动之前必须要做热身运动。

闫闫这才醒悟过来，可是为时已晚，他必须面对一个残酷的现实：哪怕手术顺利，右腿膝盖康复，他也不能再做剧烈运动，包括跑步、跳远、踢球……当然，更不能再跳“一字马”。

什么？我的“一字马”王子从此再也不能跳‘一字马’？

我担忧地望向他，这个结果他能承受吗？谁知，他却一脸轻松地说：“没关系，反正我已经在100个国家跳过“一字马”了，以后我还是可以牵着你的手环游世界呢。”

“只要用乐观的心态度过不顺的时刻，一切不顺都会烟消云散，快乐与幸福一直都在”，他说这句话的时候笑容依旧灿烂。窗外寒冷，冬雨细细碎碎地下着，他的笑容却似暖阳，穿破严寒，照亮了我的心，也温暖着身边每一个爱他的人。

我特别希望闫闫能够马上手术，赶紧脱离疼痛的折磨，但闫闫知道我已答应出版社编辑2019年1月中旬交书稿，近段时间都需要写书稿，他便做决定，等我交了新书书稿再去做手术。他就是这样，总是将我的事看得比自己还重要，处处替我着想。

一个人在乎你，就会不由自主地处处想着你。

闫闫是一个在生活中非常讲究的人，注重生活的细节与品质。这源于他从小生长在一个富裕的家庭，有良好的家庭教养。他在网上提前买好住院所需的日常用品：成人纸尿裤、漱口水、病服、眼罩、耳塞……甚至连拐杖都买回来了。

他在客厅练习使用拐杖走路，一边拄着拐杖，一边开心地和我说笑，好似我们即将去一个全新的地方旅行，他脸上丝毫没有要做手术、住院的痛苦与愁容。

闫闫就是这样一个乐观的人，什么烦忧对他来说都不值一提。这种心态得益于他这些年在世界各地旅行的传奇经历。他偶尔会对我忆起曾在旅行途中遭遇过的命悬一线的瞬间。每一次，我都感到无比恐惧，内心满是后怕，而他却如诉说平常事一般，仿佛这些危险跟他没有一点关系。

我知道，只有真正经历过生死的人，才会如此平静地诉说那些自己曾遭遇的危险瞬间，才会微笑着面对生活中所有的不幸与逆境，才会看淡生活中所有的喜乐与哀伤。

愿有岁月可回首，且以深情共白头

2019 年 1 月 13 日，我如约将刚写好的书稿发给了出版社编辑。次日，我们就从小镇出发去了吉首市，在州医院为闫闫办理了住院手续。

病房是两人间，闫闫的室友是一名已过不惑之年的男子，他是水泥匠，长时间劳累导致他的腿部半月板撕裂。我们搬进病房的时候，他刚做完手术，他的妻子陪着他，两人都是土家族，他们会彼此依偎用手机听山歌，十分恩爱。在病房待久了，人会发霉，他们用山歌与爱获取疼痛之外的慰藉。

父母心里担忧、牵挂着闫闫，也放心不下我，寝食难安，也从小镇赶过来帮忙一起照顾闫闫。

走在起风的夜路上，想着闫闫在手术台上会痛，我的心就阵阵刺痛，从相识到相知，从相爱到相依，我们早已筋肉相连，血液同脉，再也分不开了。

闫闫做手术那天，阴郁已久的天空终于放晴了，缕缕金色之光照进病房。

自他进入手术室，我的心就悬在了半空中，幸好当时有父母陪在身边，才不至于慌乱。手术前医生说微创手术问题不大，只需要 40 分钟，可是 40 分钟过去了仍不见他出来。手术室大门前站满了家属，个个脸色凝重，神情焦灼，每一分每一秒对这些等待的家人来说都是一种煎熬。我和父母就在其中。

每隔一会儿，手术室的门就会被打开，一个个病人躺在手术架上被推出来，有的在昏睡，有的睁着双眼，整张脸写满痛苦。医生唤着病人的名字，召唤病人家属。大门每打开一次，我就使劲把脑袋往里凑一次，辨认躺在手术车上的是否是我无比牵挂着的闫闫。

空气冷冽，穿着羽绒服抵御严寒的我，手心却沁出了细密的汗水。

“闫凌，闫凌的家属！”

两个小时后，我终于听到了他的名字。他躺在手术架上，被医生缓缓推出来。我几乎是扑到了他的身边，他朝我们咧开嘴笑着，露出了 8 颗大白牙。下半身打了麻醉药动弹不了，他就微微抬起上半身，举起手臂，竖起了右手的大拇指。我知道，他是想告诉我们，不用担心，一切都好。

后来我才得知，本来以为在半月板缝几针就行，谁知道他的情况比医生预想的还要糟糕，只好将他右腿膝盖的部分软骨与半月板都切除。

我知道，闫闫表面看起来若无其事，背后其实承受着手术带来的巨大痛苦。他的若无其事，不过是因为他已习惯了用积极乐观的心态去面对人生中的不如意而已。

手术结束后，闫闫开始在病房养护。每天他都需要输液、吃药，刚做完手术的右腿膝盖浮肿，需要激光加热与冰敷。那时，他的同室病友已出院，所以整个病房就专属他一个人了。他笑言，现在是 VIP 病房呢。

我与父母轮流在病房照看闫闫，一日三餐、喝水、吃药、大小便、洗漱、吃新鲜水果……这些日常的琐碎，我们做起来都极为用心。父母待他如亲生儿子一般，悉心照料，无微不至。

父亲深知我身体还很虚弱不能熬夜，便执意在闫闫的病房守夜，让我与母亲睡在医院附近的酒店。

父母结婚近 30 年，从未分开过一晚。我与闫闫从相爱到如今已有一年多的时间，也从未分开过半步。第一次，我们与伴侣分开，带着满满的不舍。我与母亲对伴侣都有一种很强的依赖，觉着陪伴才是爱情里最珍贵的那部分。

凌晨，父亲在病房为闫闫盖好被子，母亲在酒店为我盖好被子。我在爱中渐渐入睡。

家，其实并不是一个房子，而是有爱和温暖的地方。爱的人在哪里，家就在哪里。我们这个家，因为四个人都在全心倾注各自的爱，用柔软的心对待彼此，所以始终散发着动人的暖心光亮。

次日清晨，父亲回酒店补觉，母亲陪伴父亲，我在闫闫身边端水、递药。麻醉药散去，做完手术的膝盖不时会有钻心的疼痛，他闭着眼睛，眉头微皱，牙齿打颤。我轻抚他正在输液的冰冷的手，眼里、心里都是满满的心疼。他却总说，没关系，熬过去就好了。

他坐起来，背部倚靠在枕头上，戴着耳塞，看 iPad 上的纪录片，这样可以转移注意力让痛苦减轻一些。我在狭窄的病房来回踱着步子阅读一本长篇小说，不时看看输液瓶里还有多少药水。

不一会儿，他有些困意，合上眼睛进入睡眠。我走近他，把 iPad 拿开，将他的双手放入被窝中。我深情注视着他，这个我深爱的男人。他虽然正经历苦痛，但是面容依旧阔朗，神情宁静，睫毛长且浓密，里面好似藏着一轮明月。

我俯下身，轻轻地吻了一下他的额头。这样的亲吻何其熟悉，是我每每虚弱之时母亲在睡前给予我关怀与疼惜的方式。

母亲爱我的方式，如今也成了我爱另一半的方式。我要告诉他，不要害怕，我一直都在。

好的婚姻是什么？就是相互陪伴，相濡以沫。顺遂时，一起看人生美好的风景，分享彼此的喜悦。困难时，携手抵御人生的风雨，成为彼此最坚强的依靠。当你陷入人生低谷时，我用爱赠予你向上的力量，当我寒冷的时候，你也会毫不吝啬给出自己全部的温暖。不怨怼、不嫌弃、不离开，给予对方包容、关怀、信心、陪伴，这样的爱会集聚无穷的能量，足够抵御生命里的寒潮。相爱的人在一起，日子会如蜀葵一般向着光亮那方生长。

做完手术后的第 5 日，闫闫就出院了，医生嘱咐他回家后前两个月尽量在家中休养，少走路，做康复活动，不要爬楼梯、爬坡。

出院那日天气晴好。我们打包好行李，闫闫执意不让父亲背，自己拄着拐杖一步步走出了病房。在医院的走廊上，他突然想起了什么，俯身要整理自己的裤脚，我和父亲同时蹲下来帮他把皱了的裤脚抚平。我知道，不管什么时候，他都要求自己体面、洁净、注重细节，教养让他的内心更为透亮。

经过护士服务站，他笑容灿烂地对值班的护士说着感谢的话，然后挺直腰背，拄着拐杖一步步走出了医院。

我忽然想起了梁文道看木心五十几岁时的照片发出的惊叹："你不觉得这人像在牢里待过的，牢里出来的人难免身子佝偻，神情有点沮丧、恐惧……但木心没有，他整个状态你觉得精神气很足一样，好奇怪，好奇怪的一个人。"

这样的人，注定会活得高贵。我在心里对闫闫又增加了一份敬重。

闫闫，我的爱人，愿有岁月可回首，且以深情共白头。

与爱相逢，让生命完整

回到小镇的家中，闫闫有两个月不能出家门，只能在房间里静养，极少走动。

我安慰他，也许是这些年他走得太多、太快了，老天爷暂时停了他右腿的“工作”，想让他为生活按下暂停键，去真正关注自己，爱自己。也许，一切都是最好的安排。闫闫也微笑着对我说：“是的，塞翁失马，焉知非福啊！”

闫闫是自媒体人，所有工作都是在电脑前完成，所以在家休养对他来说并不会有任何影响。我们有各自独立的书房，每天他都在自己的书房里不断忙碌着，上午研发旅行幸福力的课程，下午写文、修图、录音，晚上看纪录片或者电影。

以前在家待久了，我会心生外出旅行之心，而作为环球旅行家的他，或许更难熬。我小心翼翼地问他，之前 8 年一直在全世界各地行走，现在每天只能窝在小镇的房间里，会不习惯吗？

他愉悦地回答：“既能走出去不害怕，又能在家里待着不无聊；既能在大城市过繁华生活，又能在小镇过恬静生活，人生的阈值才高。”

这就是我的闫闫，永远乐观开朗的闫闫。

乐观的心态让他好似永不会被挫折打败，反而会在颠簸曲折的人生之路上走得更为昂首阔步。

这样的闫闫，让我如何不爱他？

但在照顾他的日子里，我才发现了他对我揉入生活中点点滴滴的浓厚爱意。

一直以来，他都心疼我，从不让我操心家务活，家中大部分琐碎日常都是他来做，诸如做饭、用扫地机器人清扫房间、洗碗、刷洗浴缸……

现在，医生一再嘱咐他这几个月不要走动太多，不要负重，所以自他做手术回家后，这一切自然而然由我来完成。

他先教我如何去使用一些家用电器，扫地机器人扫完地之后如何去清理里面的灰尘与头发；烘干机使用完后如何清理蓄水；浴缸用完后如何用喷头刷洗……我在事业中是个一丝不苟的女人，可是在家中却是个马大哈。闫闫一点点耐心地教我，他教我也是有方法的，比如教我清理扫地机器人里的头发，他会让我自己先去发现那些藏在机器里的开关，然后问我："你想想，设计这个按钮是有什么作用呢？这样做会不会更好呢？"让我在思考与实践中记住这些日常的细节。

我记性不好，偶尔会忘记这忘记那。有时忘记关灯，有时忘记关空调，有时忘记调热水器，有时忘记烘干机里还放着衣服……每次发现时我都会特别惭愧地去弥补，他并不会大声责备我，而是一遍遍温柔地提醒我。

事情没做好的时候，我会嘟着嘴，难过地低下头，他把我搂在怀里，亲吻我的额头，说："没关系的，菁菁，等我腿好了，这些家里的事还是我来做，你把你热爱的事情做好就可以。"

有时我们会因为一件事争起来，但并不是因为大家不想做，恰恰相反，是我们在争着做那件事，他怕我不会做，心疼我，而我怕他碰到伤口，心疼他。

“水果事件”让我更懂得如何去表达爱。

以前都是他把水果切好了端给我吃，每一次都切得很细致，摆得很有秩序，就像餐厅里的水果拼盘。我每次都会一边吃着好看、好吃的水果，一边夸他好厉害、好贴心。

现在该我贴心照顾他了，我想给他做个苹果拼盘，没想到却把苹果切得乱七八糟。把水果拼盘端给他的时候，我理所应当地说：“老公，我第一次削苹果，不好看呀。”他一脸感动地吃完了一盘水果。后来他告诉我，在给我削水果做拼盘之前，他从未给别人削过，也是第一次。

我瞬间意识到，是因为他对我足够用心、用情，才会把每件事都做得那样好。他把爱揉进生活里，让我生活得无忧无虑，成了他最爱、最宠的公主。

从那以后，我为他做的每件事都会更用心，用心地切水果摆盘，用心地做早餐，用心地为他洗衣服，用心地去做每一件我可以为他做的事。最让我感动的是，他并不觉得这些事情是妻子本该去做的，而是对我的付出充满感激，他总会对我说：“谢谢菁菁。”然后再送给我甜蜜的亲吻。

闫闫所带给我的不仅是爱情，还有取之不竭，用之不尽的精神财富。

对于女人来说，好的婚姻是一所一流学校，可以让你学到受用一生的知识，增长你的见识、扩大你的格局，让你拥有越来越多获取幸福生活的智慧与能力。

人无完人，可是婚姻却可以让两个不完美的人在一生的相互陪伴中一起完善自己，日益精进，成为更具力量、充满魅力的人。婚姻中的男人与女人就像两块打火石一样，相互摩擦，彼此助力，才能点燃美丽璀璨的生活之光。美满婚姻的关键，不是你能否找到一个理想的伴侣，而是你能否做一个理想的伴侣。

忆起在书中读到的一句话："与爱相逢，让生命完整，如同山岗上的满月落在心湖。"我嘴角情不自禁向上扬起，靠着他的肩膀，带着幸福的笑意进入了梦乡。

亲爱的，往后余生，风雪是你，平淡是你，心底温柔是你，目光所至都是你。

婚姻是女人的修练场。练得好了，你将永世幸福；练得不好，直坠深渊。

所以，幸福的控制权其实是掌握在自己手里的，懂得分辨婚姻的真伪，及时止损，幸福从不会远离。

愿你得一人心，白首不相离。

卑微地去爱一个人，不会幸福

年少的时候，我们读张爱玲的故事，她在送给胡兰成的照片背后写着："遇见你，我变得很低很低，低到了尘埃里，但我的心里是欢喜的，从尘埃里开出了花来。"

我们总以为，这样带着崇拜与仰慕的姿态去爱一个人是最让人动心的。只要你足够好，足够让我着迷，我愿意为你飞蛾扑火，愿意卑微地爱着你，仰视着你。只要你给予我一点点的爱，我就会欢喜。

24 岁的曼云爱着一个比他大 10 岁的已婚男人。他们没有生活在同一个城市，她住在这个男人名下的一套房子里，每隔几个月他就会来陪她一段时间，享受鱼水之欢之后，又匆匆离开。

这个男人并不富有，曼云从不花这个男人一分钱，她可以用上班的收入养活自己，她不贪求他的钱，她只贪求他的爱。他们在一起的时候总有说不完的话，她撒娇一般地问他：“我并不美丽，你为什么还会选择我？”他回答得不假思索：“因为你懂我。”

几年了，曼云陷在爱情的漩涡里，无法自拔。有一天晚上，她在电话里对朋友说，她愿意为了这个男人一辈子不结婚，她也不要他离婚，她愿意做那个永远在等他回来的人。

朋友劝她不要执迷不悔，这个男人不值得她爱。她应该找一个真正相爱的人在一起，过上平常女人相夫教子的生活。这个男人会毁了她一辈子。

她也想过放弃，可是她放不下。她觉得自己整个生命都是属于这个男人的。她在这份爱中，迷失了自我。

曼云无论如何也想不到，这个男人对她的爱会逐渐冷却。

她在微信里告诉他，她很想他，脚丫子都在想着他。他回复的只是一个字：“嗯。”

她给他打电话，他要么不接，要么接了也是说几句无关紧要的话就匆匆挂了。

她每隔一段时间就会去翻他的朋友圈，男人每次更新朋友圈她总会第一时间点赞，而她的朋友圈永远找不到这个男人留下的痕迹。

她满怀期待地问他：“你爱我吗？你想我吗？”这样的追问好似是在求他爱自己、想自己一样。

他说要回来了，可是他的归期总是遥遥无期。

她炽热的话语得到的总是他冰冷的回应，她一遍遍地告诉他："我想你，我爱你，我会为了你一辈子不结婚。"她本以为会得到男人对等的热烈的爱意，可是他冷淡得好似陌生人。

她想着也许是因为男人太忙，所以没有时间搭理她。曼云并不知道，这热烈的示爱会让男人更不珍视她，更加想要逃离。一个男人只有不爱你了，才会如此淡漠。

在她心里，这个男人就像一粒种子，只有这粒种子才会为她盛开出名叫爱情的花。她爱得太无保留、太炽热，就像火焰一样，让对方不敢再靠近，自己的热情也会在冷清的日子里被一点点燃尽。

许多个孤独的深夜里，她在被窝里给他小心翼翼地发短信，等待着对方的回复。可是电话好像提前入睡了一样，没有丝毫动静。她有时候会想他想得掉眼泪，可是她并不知道，在她泪流满面的时候，这个男人早已将新欢搂在了怀中。

她终于决定放手了，她给那个男人发去了短信："我等了你那么长时间，我跟你在一起并不奢求太多，只想你有时间的时候陪我说说话而已，可是连这你都做不到，都给不了。我才发现，我是如此卑微地爱着你，好像在取悦一个人。我再爱你也是有底线的。你也许并不曾真正地爱过我，只是一时寂寞想找个人陪而已。我等了你这么多年，爱了你这么多年，现在是该放手的时候了。我们结束吧。"

她发完这段话后，在只有她一个人的房间哭了起来，哭得撕心裂肺，仿佛要将这一生的眼泪在这一个晚上流尽。她用相机拍下自己泪流满面的样子，她要让自己永远记住这天流过的泪，这一辈子，她都不要再卑微地去爱一个人了。

次日，她带着自己简单的行李，离开了这间满是痛苦回忆的房子。

亲爱的姑娘，一生这样短，我们要去拥抱那些明亮的爱情，不要做一朵夜来香，只在黑暗里才能绽放。日光之下，那个可以和你并肩站在一起的人，让你感受到温暖阳光的男人，才值得你去付出一颗真心。当你望向他的时候，他的眼睛里能映出你最明媚的样子，你会看到他如你一般的深爱。这样如春日暖阳的爱情，才会让你找到内心安定的所在。

历经世事之后，你会懂得，卑微地爱一个人永远无法带给你完整的爱情。真正值得你去爱的人，会让你与他以同等的姿态站在一起。你们有一样的深情和一样对于未来的憧憬，彼此深爱、尊重、珍惜。你不会因为自己不够好，而恐惧他的离开。他会把你像珍宝一样捧在掌心，珍爱一辈子。这样的爱情，才会踏实且持久。

嫁给一个不吵架的男人，女人会有多幸福

婚姻，是两个人结合在一起，组成一个幸福的家

往往爱情的甜蜜期一过，两人面对油盐柴米的生活时，总免不了有许多的磕磕绊绊。

争吵像空气一样，与婚姻如影随形。

不久前，我见到读大学时认识的一个朋友小亚，那时她与男友非常恩爱，每天一起去食堂打饭，上课永远都坐在一起，吃完晚饭总会在操场手牵着手散步。

毕业之后他们就留在成都工作、买房、结婚、生子，成了许多人心里羡慕的一对伴侣。

十年之后，我们再次重逢，我带着她在江边散步，她的神色是凝重的，她向我诉说了心中的烦忧。

婚后，她的丈夫因为事业不太顺利，脾气变得越来越暴躁，

他总会因为一点生活中的琐事对小亚发火。

刚开始那几年，小亚还会强忍着心中的委屈，但不知道从什么时候开始她也会与丈夫争执起来，再后来就演变成了无休止的争吵。

其实每次争吵都是因为生活中的一些小事：比如小亚习惯化一个精致的妆容再出门，丈夫却不喜欢她化妆；小亚给儿子报了书法班，希望孩子涵养静心，丈夫觉得应该让儿子学习跆拳道，可以强身健体；小亚不希望他在饭局上喝太多酒，丈夫却常常喝得酩酊大醉……

当他们出现意见不合的时候，丈夫就会以自己的想法为中心，小亚稍有争辩，就会像引燃一个炸弹一样，致使丈夫怒火中烧，大声地责备与抱怨。

曾经的小亚那样风姿绰约，现在的她，被婚姻中的争吵折磨得像快要凋谢的花。

小亚走到哪，都是愁容满面，多年的抑郁积压在心中，成了她身体里的毒瘤。

小亚告诉我，她有很严重的乳腺疾病与宫颈疾病。

医生也曾嘱咐过她，要保持心情的愉悦，坏情绪会让女人的身体变得不堪一击。

可是她每次回到家，总免不了因为琐事与丈夫大吵起来，她好像掉入了一个深井，四处都是黑暗，越陷越深，看不见生活的光亮。

婚姻是个修练场，不同的选择往往带来截然不同的结果。如果女人嫁给一个偏执、狭隘、消极、坏脾气的丈夫，女人要么变得与他一样暴躁、郁郁寡欢，要么就会时常以泪洗面，后悔自己嫁错了人。如果女人嫁给一个有涵养、包容、积极、好脾气的丈夫，那她不管是30岁，还是50岁，脸上都会洋溢着幸福的笑容，那种喜悦感会由内而外散发，沁人心脾。

嫁给一个不吵架的男人，女人才会拥有一生的幸福

影帝梁家辉常常被媒体称为“模范丈夫”，从不会跟妻子江嘉年吵架。

一次访问中，他透露了自己跟爱妻结婚30年的爱情保鲜之道：“要经常检讨自己，修正错误。”

他们称得上是患难夫妻。初相识时，梁家辉恰逢事业的低谷期。

那时江嘉年正年轻，面容秀丽、事业有成，江嘉年并没有介意梁家辉的落魄，而是义无反顾地嫁给了他。

30年后，梁家辉成了影帝，魅力十足，妻子却体态臃肿。可是梁家辉依然爱妻子如初,陪着妻子和双胞胎女儿旅行、逛街。

每次出门，两人总是十指相扣，身边环绕两个天使宝贝，幸福似蜜。

有媒体人说江嘉年不注重体型的保持，没有穿衣品位，配不上影帝。

梁家辉极力维护妻子说：“如果她长得那么漂亮的话，她就是女明星了。”

他会给妻子送很大的钻石戒指，不管妻子处于哪个人生阶段，是年轻貌美，还是年老臃肿，都是他心中的“钻石女王”。

婚姻中难免会遇到意见不一致的时候，每次他都会让着妻子，凡事都与妻子沟通，两人既是亲密的伴侣，也是知心的朋友。

梁家辉对于婚姻有自己的理解：“夫妻相处要互相忍耐和支持。到这个年纪，名与利已不算什么，我更愿把精力放在家庭上，不让它有一点闪失。”

其实，亲密关系的幸福开关就在自己手上。

江嘉年是幸福的，她的幸福不在于丈夫是人前显赫的影帝，而在于她的丈夫是一个有涵养、体贴且顾家的男人。

这样的男人哪怕在事业上有再大的压力，也不会将心中的怨气发到妻子身上，更不会对妻子动手动脚。

在婚姻中，男人的胸怀应该如蓝天一样辽阔，才能让妻子如展翅的鸟一样，愉悦地翱翔。如果男人的胸怀如井口一般狭隘，女人终究会被压抑到窒息。

所有的婚姻都不会是完满的，何况两个人根本就是来自两个环境，受到不同的教育，结合在一起难免会有许多矛盾。

能将矛盾化解，让家庭和谐喜悦，就是一个男人的智慧。

佟大为与关悦是娱乐圈有名的模范夫妻，佟大为坦言：“婚姻阶段和恋爱阶段会有很大的不同，尤其是在新婚夫妻身上，婚前的很多隐藏矛盾都会凸显出来。我和关悦刚结婚那时也有，也会吵架拌嘴，但婚姻需要经营，这样才能长久。我的秘诀是不要吝惜赞美太太，以前我是一个不太善于表达的人，后来逐渐地领悟到沟通在婚姻中的重要性，一定要多和自己的另一半交流。”

佟大为希望妻子能够经常把微笑挂在脸上，不要有愁容。

婚姻中的磕磕绊绊在所难免，如何让婚姻持久保鲜，夫妻和和美美？佟大为的一席话，道出了维持婚姻的真谛。

想要婚姻长久，就需要彼此付出真心去经营。

赞美是化解矛盾的润滑剂，没有哪个女人不喜欢听到丈夫赞美自己，最亲近的人认可自己，女人就拥有了积极情绪，许多结自然而然会解开。

佟大为不仅懂得赞美妻子，还深知沟通在婚姻中的重要性。

许多夫妻在日常生活中积压了许多不满与不解，不开心了就生闷气，这样一来双方都会陷入痛苦的泥淖。

这时，只有沟通能让彼此都解开心结，依旧在一地鸡毛的生活中深情相拥。

《心理月刊》的编辑曾采访过佟大为，问他们俩吵架时谁会先让步？

佟大为笑着说："我会毫无原则地先妥协，我觉得问题还是要解决，放时间长了，那个事儿就变成疙瘩，变成死结，那就麻烦啦，所以尽量比较及时地把问题给说开就好。谁都不愿意被别人说，通常她都会晓之以理动之以情，很多时候我发现她说的都是我没有想到的，人家真的说对了的事情，咱还是要改。"

真正有智慧的男人从来不是用争吵来解决问题，而是用沟通来达成和解。

倾听对方的心声，站在对方的立场去考虑，给予爱妻更多的包容，这样用心经营的婚姻才会给两人都带来心安。

我认识许多事业有成的企业CEO。他们在外叱咤风云、横眉冷目，员工见了都会害怕；但是当他们回到家面对爱妻，就会变得像另外一个人一样——温柔、好脾气、和颜悦色。

我在老家开的“遇见美宿”的合伙人徐总是典型的“浦市老炮”，几家公司的老总，生意做得风生水起。

在工作中，他不苟言笑，紧锁的眉间好似有风云翻腾起来，员工见了他都会生出畏惧之心，因为有一点做得不好，他都会火冒三丈，严厉批评。

在一次聚会中，他带着妻子来了，那是我第一次见到他的爱妻。

让我诧异的是，在妻子面前的徐总眉目是舒展的，说话是轻声的，嘴角是上扬的，整张脸都带着温暖笑意，这与平时工作状态的他简直判若两人。

有人开玩笑地问他的妻子，徐总会不会在家也经常对她发火？

他的妻子笑得很甜蜜：“外面的人都以为他会在家欺负我，其实在家都是我欺负他。我脾气不好，总是动不动就发火，他总会好脾气地对我，从不会大声对我说一句话。我们彼此信任，相爱，嫁给他，我真的很幸福。他一直都是我的骄傲。”

在座的所有人听了这番话都大跌眼镜，心里对徐总也升起了一份敬重之心。

懂得疼爱自己妻子的男人，是真正有格局的好男人。

他懂得，家和才能万事兴。

就如克里斯多福·孟在《亲密关系》一书中所写的那样：

“有时候我们会心甘情愿地放下一己之私，而追寻真正重要的东西——也就是爱。”

这样的男人懂得爱，会将妻子永远视为珍宝。

嫁给一个不吵架的男人，女人才会幸福一生。

亲密关系的幸福开关就在自己手上。

女人，不要让将就的婚姻毁了你的一生

婚姻就像一场赌局，如果女人赌对了，就能嫁给一个疼爱她、珍视她，带给她心安的男人，收获一生的甜蜜；但如果赌错了，则会跌入万丈深渊，这一生都得不到救赎，幸福，只是飘零在天边的一阵风。

你愿意赌吗？

旧时代，根本轮不到女人做出选择。她们仅凭媒妁之言就必须嫁到一个陌生的男人身边，所以才有了“嫁鸡随鸡，嫁狗随狗”的俗语。这场赌局，从头到尾被人牵着走。

可是现代社会，女人终于可以因为爱而开始一段婚姻，因为伤害而结束一段婚姻。这场赌局，原本自己就是“庄家”，可以牢牢地把结果握在自己手里，但仍然有人为了所谓的面子，委曲求全。

一生这样短，我们怎么可以让一段变了质的婚姻毁了自己一生呢？

对王秀云来说，她这辈子的痛苦就是从婚姻开始的。

1996年，23岁的王秀云是个外貌与文采俱佳的姑娘，她经常在当地广播电台和报刊发表小文。那年春天，她收到了一个署名李烨磊的人寄来的长信，他在字里行间表达了对秀云的爱意。秀云在浪漫的文字中对这个男人产生好感，或许，是受文字的蛊惑吧，内心稚嫩的她便认为那是真正的爱情。

他们相约在白桦林见面，烨磊身型高大，相貌英俊，一下子俘获了秀云的心。影影绰绰的光斑照在他们的身上，烨磊将她紧紧拥入怀中，对她承诺："我会让你一生幸福的。"秀云的脸上洋溢着幸福的红晕，当下就在心里告诉自己，此生要与这个男人结为连理，白头偕老。

但他们结合得并不顺利。

他们同在一个自然村，双方家庭互有了解，父母很不看好。烨磊的母亲曾经和秀云的父亲同在一个学校教书，父亲深知，烨磊的母亲个性强、不好相处，便苦口婆心地对女儿说，嫁过去会受气的。

陷入爱情的她却想，虎毒还不食子呢，婆婆对儿媳妇还能怎么着？

父母又说烨磊娇生惯养，只会吃喝玩乐，怕她嫁过去日子会不好过。

她回答得很坚定，别人有一双手我也有一双手，饿不死别人就饿不死我。

她不顾家人的反对，嫁了过去。

噩梦从此开始。

秀云死心塌地地嫁过去，原本想着要与烨磊共度一生，可她怎么也不会想到，自己婚后的生活会被父母一语成谶。

秀云结婚后没多久，苦日子就开始了。

她被村里的小学聘去代课，1 个月工资 100 元，还要扣除奖罚金。为了生活她辞了职，在村口做起小生意，每天卖雪糕冷饮、凉拌小菜，拉着车子来来回回，直到女儿快出生了都没有间断。

烨磊去了远方的大城市打工，他的坏习气很快暴露无遗，好吃懒做喜玩乐，挣的钱不够自己花，每次不给寄路费都没钱回来。很多时候，她都很生气，但是一想起这是自己执意要嫁的男人，所有的苦楚只能往肚子里咽。

那几年一直是这样的模式：秀云在家挣钱，然后接济李烨磊。善良的她并不知道，这样做反而助长了烨磊的懒惰。可是当时的她并不想和他吵架，因为怕别人笑话，她甚至不敢和任何人说，只能认命。于是，悲剧一直在恶性循环。

其实秀云是个不甘于现状、努力进取的人。1999 年，在妹妹的帮助下，她带着两岁多的女儿从老家来到郑州一个小寨上接手了一个小日杂店，那时烨磊也从外地回来，与她同住在小寨。杂货店的生意不是太好，但是一天也能挣几十块钱。

秀云每天都骑着借来的脚蹬三轮车跑到几十里地以外的批发市场进货，帮别人送煤气，还要洗衣、做饭、带孩子。烨磊除了打牌、吃喝以外，就是跑出去找老乡，后来竟然到了彻夜不归的地步。她跟他哭过、闹过，但是丈夫第二天照旧。

那一年，女儿瘦成了皮包骨头，只因为她顾不上女儿。烨磊看到说：“孩子瘦得可怜，看着都养不活。”于是，她赌气将小店转手给了别人，带着女儿又回了老家。

从郑州回来以后，她的日子仍然过得很辛苦。

她在家要养猪、羊、牛，每天要下地割草两趟，割完要用脚蹬三轮车往家里拉，为此她常常累得喘不过气来。那几年家畜家禽的行情很不景气，也没挣到多少钱。

后来有了二丫头和儿子，她身上的担子越来越重。是的，她没有逃掉农村重男轻女思想的腐蚀，生了二丫头以后，面对重重压力和流言，她选择妥协，败给了世俗和顽固的传统思想，生下了一个儿子。

2010年，烨磊生了一场大病，花光了家里的所有积蓄还让家里负债累累。日子总是要过下去的，秀云把老家的院子收拾出来开始养鸡。

她让烨磊在家看着鸡场，她带着孩子在镇上做生意。知道丈夫指望不上，有空她就回家打扫鸡粪，给鸡仔打疫苗。头一批鸡仔挣了一万多块钱，她正准备松口气时，第二批鸡仔不知道为什么死了很多，行情也不好，一下子就赔了两三万，她傻了眼。

后来才知道烨磊只顾坐牌场玩乐，倒上饲料就不管了。养鸡本是个细心的活，那样怎么能养得好呢？她的心越来越凉了。

更让人心寒的是，她最终发现了丈夫对婚姻的背叛，他们的婚姻中出现了“第三者”。她的内心既痛苦又煎熬。

可是秀云真是傻。为了孩子，为了她自己当初的选择，为了自己的面子，她选择了隐忍。

可是女人们啊，忍只会带来更大的痛苦和耻辱！

她像一只蜗牛，一直背着沉重的壳一步一步艰难地往前爬着，谁也不知道她有多累、有多难。

一直到 2013 年年末，她决定再去镇子上做点小生意。变卖了家里的牲畜，又借了点钱，她在中学门口开了一家小店，主营学习资料、文体用品等。

生意开始还是不错的，几年后手上有了一点小钱加上又借了点，买下了原来租的两间门面。可是好景不长，随着学校学生越来越少，生意也越来越不好，最后学校被撤销，她的小店也夭折了。

再后来，她卖过童装、女装，给婴儿洗澡，陀螺一样不停地转着。她很累，可是除了掉眼泪，她再也找不到第二种发泄方式了。

大闺女终于上高中了，为了给孩子们一个好一点的学习环境，她从镇上迁到当地的小城，住在租来的房子里。她仍然很努力工作。在那个小城卖过小吃、当过文员，做过实习编辑，反正是这一样不行就赶紧找另一样工作，又兼职做化妆品的直销。

因为上班需要对着电脑，下班需要在手机上与顾客沟通，解决各种问题，日复一日地过度用眼，她的眼睛开始模糊，看不清东西，经常无缘无故地流眼泪，眼药水也不管用了。这些年积劳过重，她还患上了心肌缺血，医生告诫她不要熬夜，也不要太操心、太劳累，更不能生气，可这些她哪一条都做不到。

她要养家、养孩子，要供他们读书。她把速效救心丸白天装在包包里随身携带，晚上放在枕边伸手就能够得着的地方。她害怕呀，她不是怕死，而是她真的死不起，她的三个孩子都需要母亲。

2014年，秀云要做个小手术。医生安排好的8点进手术室，秀云让李烨磊8点之前到医院来，可是8点30分了还不见人影。那时，作为枕边人的李烨磊还在家睡觉，她强忍着泪水自己签字走进了手术室。

那天，她走在通往手术室的那条走廊里，空荡荡的走廊，白色的墙，寒冷如冰。此时的她异常难过、恐惧、悲凉，她多想看到一个安慰的眼神，可是回头，却仍然只有空空如也的走廊。

手术结束后，她在病房输液，吊瓶内的液体输完了，临床看护的阿姨帮忙喊了护士。丈夫在哪？在病房的走廊玩手机。

她忍不住想起2013年，儿子做扁桃体切除手术，护士忘记开镇痛棒了，孩子一整夜哭闹，是她抱着他、哄着他，不时地用棉签给他湿湿嘴唇。丈夫呢？说是受不了医院的气味回家睡觉去了。他们家离医院不是太远，他说走就走，绝情得好似不是孩子的父亲。

烨磊，何尝尽过一天丈夫和父亲的责任？

可是他为什么敢这样肆无忌惮？

都是她毫无原则的忍让，毫无底线的退让，让烨磊得寸进尺。

2016年，秀云终于醒了。经历了将近20年痛苦的婚姻，她真的醒了，彻底醒了，她不想再这样浑浑噩噩地过下去，她要有尊严地活着，要活出自我。她提出了离婚。烨磊错愕地看着妻子，没想到她居然有勇敢的一天。他没有挽回，这份婚姻，早已名存实亡，何必假意挽留。

秀云舍不得孩子，谁跟着烨磊，他的“三观”就会毁了谁。秀云选择抚养他们，一个都不能少。经法院协商后，三个孩子都由王秀云来抚养，李烨磊承诺一个月给孩子们2000元的生活费。

秀云清楚地记得离婚那天下着雪，从法院出来，她瘫坐在冰凉的台阶上久久起不来，噩梦似乎结束了。

白色的雪花纷纷扬扬地落下来，一朵一朵又一朵，每一朵都有它的去向，而她的去向呢？她的未来呢？

艰难地维持了20年的婚姻，到底还是散了。她心里惶惶然，不知是该庆幸自己的解脱，还是该哀哭自己这些年的不值得。

最终，她一滴眼泪也没有流。因为这20年来，她的眼泪已经流尽了。

后来，烨磊并没有兑现一个月2000元生活费的承诺。面对这些，她也曾经迷茫过、懊悔过、怨恨过，但是内心总有一个坚定的声音在跟她说，一切都会过去的。

因为大环境的影响，她面临失业，庆幸的是，身边仍然有许多朋友在帮助她、鼓励她。她相信，再泥泞的路终究会有走到头的一天，再暗淡的岁月也会有露出光亮的时候。她只是担心她的孩子们，她失败的婚姻会不会带给他们一生的伤害。

有一天，她问大女儿：“将来会不会怨恨妈妈？”女儿哭着摇头，她抱紧女儿，眼泪悄悄地从眼角滑落。她在心里默默地说：“孩子，实在对不起，我没有守护好我们的家，请原谅你们的母亲！”

在婚姻这条路上，一个人踏步不前，一个人拼命奔跑，中间的距离就会越来越大。有时，我们输给的不是艰难困苦，而是一颗不愿相守的心。

亲爱的女人，不要让将就的婚姻毁了你的一生。我们生而为人，就有追寻幸福生活的权利。坏婚姻，会摧残我们的身心，会让我们在一天一天的折磨中失去养分，从而枯萎。如果遭遇坏婚姻，请马上转身离开，你那么好，值得拥有好的婚姻，值得拥有爱你的人和可爱的孩子们。

不要害怕失去，不要害怕流言，只要你不放弃对爱的追求，对幸福的憧憬，你终会遇见那个对的人，拥有与子偕老的美满婚姻，过上理想中的生活。

那一段痛苦的过往，就让它随风消逝，永不回还。

幸福的女人背后，都有一个“暖男”

女作家在读者们的心里是女神一般的存在，她们的爱情更如天空中那一弯新月，纯洁中自带光芒，让人心生羡慕之余无限神往。其实，爱情对她们而言，是一粒闪光的种子，只有在适合它的土壤里，才能绽放出傲人芬芳。

程乃珊是中国著名作家，其小说与散文多围绕着老上海，被称为“上海 LADY”。表演艺术家秦怡老师曾说：“乃珊是20 世纪 80 年代后小资情调的开拓者。”

乃珊总是争分夺秒地伏案写作，在她看来，一天不写几个字，这一天就白活了。而她的生活，完全由丈夫撑起来。严尔纯是她身后不可或缺的“暖男”。

她不善于做家务，讨厌进厨房，他就成了家中的大厨，每天变着花样给她做好吃的。

他不在家，她就只吃水果充饥。

她自理能力很差，鞋带永远系不好，他每次都会蹲下来为她系鞋带。

在电子通信不太发达的时期，她的稿子全部由他送到出版社，再从责任编辑手中拿回需修改或已修改的稿子，包括稿酬。这些写作之外的琐事，他都为她一一打理好，她只需安心写作就可以了。

看，所有的细节，都只有他和她。当两个人可以抛开身份、地位、头衔，只剩下他和她两个最干净、最直白的称谓时，这就是爱情。

夏天，早晨 5 点，乃珊已经开始写作。晨光中，尔纯在厨房里为她准备早餐，等她写作间隙享用早餐，用完后她会继续伏案码字，直至中午。

乃珊只要坐在书桌前就会文思如泉涌，不愿别人打扰，哪怕是最亲爱的丈夫。有一次丈夫心疼她写得太久了，连早餐都没有吃，便进房间要她吃完早餐再写。乃珊当下大发脾气，他只得悻悻地关上房门。他一直等到乃珊自己出来了，才为她把凉了的早餐加热。乃珊气呼呼地说："谢谢侬，我在写东西时不要来打岔好哒？"可是不一会儿，她就会向丈夫撒娇："你抱抱我。"丈夫马上过去给妻子一个温暖的拥抱。严尔纯比谁都懂得，妻子对于写作的执着与热爱是没有东西可以比拟的，而他恰恰喜欢她的执着与热爱，所以他愿意包容她，给予她最深沉的爱，并与之相知相许，相濡以沫。

每当深夜，哪怕他要咳嗽几声，抑或起个夜，都尽量不发出声响，怕惊动了熟睡中的爱人。他心里对乃珊，他的乃珊，是无穷无尽的疼惜。

程乃珊生前曾动情地说过：“我一生中只有两件事做对了：一是对待写作，对创作一丝不苟；二是选对了郎。”

2013 年，程乃珊因病去世，上海文艺出版社为她出版了一系列的作品，尔纯在书的后记中深情地写道：“乃珊曾说有一句话我从未对她说过，今天我在此白纸黑字写上，你在天之灵一定会感受到的——我爱你，乃珊！”

丈夫给予她的爱厚实、绵长、暖心，他为她遮风挡雨，让她可以避开人世间的纷纷扰扰，使她得以在书房里安心地做她的文学梦。她是幸福的，因为她一生挚爱的丈夫，也深爱了她一生，如同她的呼吸一样，伴着她，不离不弃。

2018 年春，我作为嘉宾参加了湘西女作家九妹的新书发布会。这是我第一次见她，她的脸上有和煦的光，眼里是一片温情的湖泊。整个发布会，一直都有个男人在忙前忙后，我以为是她的好友，直至晚宴，这个男人安排嘉宾们吃饭，从安排座位到端菜、拿酒，每一样都细致入微。我好奇心顿起，这是怎样的好朋友？直到他们一起来敬酒时，我才恍然大悟，这是九妹的丈夫。他望向九妹的时候，眼里只有她。

身边的一位老师告诉我，九妹的丈夫对她十分好，九妹从未下过厨房，都是丈夫准备可口的饭菜。才华横溢的妻子是他最大的骄傲与自豪。

“读书日”那天，九妹在活动中分享了书籍对她人生的影响。话音刚落，丈夫已经走到台前为她献上了一支火红的玫瑰。他还说了一句话：“读书的女人最美。”“读书日”在西方又被称作“读书人的情人节”，这样的节日，收到这样的惊喜，九妹满脸是幸福的红晕。我当下才惊觉，她脸上和煦的光原来有迹可寻，一是来自书籍的润泽，一是来自丈夫对她的深爱。

一位作家好友曾对我说过，有人劝她一辈子不要结婚，与不同阶层的男人恋爱，这样才有素材写更多的故事。好友笑着对我说：“这是什么逻辑，如果要经历跌宕起伏的爱恋才能写出好作品，我宁愿不写书，也要像寻常女人一样拥有美好幸福的婚姻。”

其实女作家如果去掉作家的身份，只是一个普通的女人，她对婚姻的诉求与千千万万的女人一样，不过在等一个人懂她、疼她、惜她。如果真有那么一点点不一样，就是她们对感情有洁癖。婚姻里如果没有爱情，她们会毅然决然地离开，绝不委曲求全。她们是这样一群人，时而内心敏感，脆弱到对方的一句重话都会让她喘不过气来；时而内心坚韧，强大到离婚的时候可以分毫不取，只求身心自由。

女作家文采四溢、才华卓然，拥有千千万万粉丝的追捧。世人都以为她们择偶标准奇高，要么选巨贾，衣食无忧，只管看书、写文；要么选同样才气逼人的艺术家，两人花前月下、琴瑟和鸣。

可是，大多数的女作家都嫁给了寻常的男人，他们既不是腰缠万贯，也非才高八斗、卓尔不群，他们有的只是一颗踏实、沉稳、博大的心，真心支持妻子的文学梦，用心爱护那个人儿，及至在日常生活中关怀备至。这深沉的爱小到妻子伏案写作时递去的一杯热茶，大到新书发布会的幕后张罗，给予她足够的自由与支持。她不仅是他心中的女神，更是他一辈子宠溺的公主。

金钱、权力、名利、珠宝，谁人不喜？可是偏偏是爱，紧紧地攥住了女作家们的芳心，抵御掉世间所有的诱惑。她们知道，只有这长久且深情的爱，才是一辈子需要好好珍惜的宝贝。她们懂得，真爱是自己拥有过的最贵的奢侈品，贵过自己书写过的所有作品。

女作家身后的“暖男”是最懂爱情的幕后英雄。

英雄，因为有你，我才能毫无顾忌、披荆斩棘征战文学沙场，收获我的梦想果实，可是如果没有你，即使只是一支小小的笔，我也拿不起来。有你，才有我。你懂，我喜。

送给爱人最好的礼物，是舍得为对方花时间

陪伴是最长情的告白。

不管是恋爱关系，还是婚姻生活，男人总在为送女人什么礼物而头疼。其实，最好的礼物不是钻戒，不是玫瑰，不是名牌包包，更不是车子、房子，而是双手捧上自己最重要的东西——时间。

对某些人来说，时间是最宝贵的，因为时间可以创造无限价值。但在最爱的人面前，我愿意放弃这些无限价值，陪着你。

幸福，不言而喻。

我的朋友 R 是一位非常优秀的演员，她的男朋友是企业家。有一次我和 R 约在咖啡馆相聚，她依然美丽动人，妆容精致，束身的黑色连衣裙将她的身材衬托得凹凸有致，这样集才华与美貌于一身的女人，不要说男人了，女人见了都为之着迷。

两个女人在一起的话题总绕不开男人，我好奇地问她："你的男朋友是企业家，一定送过你许多昂贵的礼物吧。你最难忘的是哪一件礼物呢？"

她用勺子搅动着手中的卡布奇诺，脸上的幸福在发光："他送过我很多昂贵的礼物，可是真正让我刻骨铭心的却是那一次：2017年春天我获得了一个很重要的奖项，主办方邀请我出席颁奖典礼。颁奖典礼那天，我根本没有寄希望他会有空陪我，因为我知道他那段时间都在公司里忙得分身乏术。让我惊喜的是，当我走到楼下却看到了他，他对我说，在我人生中最重要的时刻一定要陪在我身边。当我走上领奖台，台下的他用温柔、深情的目光注视着我，那一刻，我觉得自己是天底下最幸福的女人。作为CEO，他那样忙，但是他愿意花时间陪伴在我的身边，见证我人生的重要时刻，没有什么比这更珍贵了。"

其实男人跟女人有不同的构造。男人们想着拼命挣钱给心爱的女人想要的一切，而女人想要的却是男人的陪伴。陪伴更能激起她们内心的幸福感。在一份感情里，女人会爱得更细腻、更感性，不要觉得天下女人都是拜金的主儿，她们更看重的是男人的那颗心。

小妍给我打来电话，兴奋地告诉我下个月她就要与阿军结婚了。我当然欢喜，一个劲地答应一定去喝喜酒。小妍与阿军相恋了3年，如今，他们终于战胜了现实中的层层阻碍，走向了婚姻的殿堂。

小妍与阿军的相爱之路并不平坦。小妍所在的公司在A城，阿军所在的公司在 B 城，作为公司销售经理的她每个月都会去往不同的城市出差。在他们相恋的第一天，阿军就承诺，每个月他都会去她出差的城市陪她几天。阿军每个月只有 4 天单休的假，他每天辛苦工作，就为攒下 4 天休息日与爱人在一起。

每个月，他们都在不同的城市约会，一起看过上海的东方明珠，一起吃过青岛的海鲜，一起见过厦门的大海，一起爬过西安的华山，一起走过长沙的橘子洲头，一起数过大理的星星……每一次阿军从 B 城坐飞机或高铁去往恋人出差的城市时，内心都是幸福的。

孤独一人时的每一天，其实只是为了等待两个人的相依、相伴。

一个男人如果真心爱上一个女人，就会想要陪伴在她身边，轻抚她的发梢，亲吻她的脸庞，哪怕两个人什么也不说，只要相互依偎着，也觉得身处天堂。微信视频、QQ 聊天、电话问候、短信祝福再方便，也抵不过两个人相见时的十指紧扣，那种幸福，那种身心合一的陪伴是任何网络通信工具无法比拟的。

他们的见面总是充满了爱意。每次他都会给她一个巨大的熊抱，他的胸膛就是她的家。这样的拥抱，分明在告诉她："亲爱的，你回家了。"

他们的分别，也没有难过。

他们从不掉眼泪，因为这份爱让他们觉得安心与踏实，这一刻是分别，心里却早已勾画好了下个月相聚时幸福的画面。

3 年之后，小妍离开 A 城，在 B 城找到新的工作，虽然工资远远比不上 A 城，但是为了自己爱的人，她愿意重新开始。

他们在 B 城付了首付买了房，两个人有了爱巢，他们终于不用奔波，终于可以相依相伴了。小妍将他们这几年在各地的合照做成一本影集，两个人每每翻看这本影集，都会有一股爱的暖流涌上心头。

我曾问过小妍，阿军最吸引她的地方是什么。她毫不犹豫地回答："他一次次地不辞辛劳来见我，舍得为我花时间。如

如果有人愿意为你花时间，请你一定要加倍珍惜，因为他视你如他的生命一样重要。

果不是因为爱，谁会千里迢迢去见一个远方的人？就是因为他坚持每个月来见我，从无怨言，让我觉得他是值得我托付终身的爱人。”

每个人一生的时间都是有限的，一个男人如果愿意为你花时间，那一定是把你爱到骨髓里了。如果一个男人只是源源不断地给你钱却不肯陪你，那他只是想短暂地占有你的身体。

只有全心全意花时间陪伴你，才是想长久地拥有你的灵魂。所以你会发觉，那些只有钱而没有陪伴与爱的女人是极其可悲的，眼神里的凉意藏也藏不了。而那些拥有陪伴与深爱的女人，眼神里那明媚的幸福，挡都挡不住。

真正爱你的人会为你洗手做羹汤，会牵着你的手在公园散步，会乘车不远万里来见你，会为你绞尽脑汁写下情书，会带你去远方旅行，会陪你聊天……

这些，都源于爱。

陪伴，是爱一个人最深情的方式。时间对每个人都珍贵，我们一定要将它送给自己真正挚爱的人。

如果有人愿意为你花时间，请你一定要加倍珍惜，因为他视你如他的生命一样重要。

没有完美的人生，却有理想的生活。亲爱的，不管你身处哪个年龄阶段，做着怎样的梦，都请勇敢地去追、去寻，时间会给你一个答复。它从不会辜负爱做梦的孩子。

最好的爱情，是同频共振

朋友小兰深夜给我打来电话，她说她这场恋爱谈得好累，不知该如何继续。她总是一遍遍否定自己，一定是自己不够好，所以男朋友才不在乎她。

小兰与男友是异地恋，为了能与他多一些相处的时间，小兰特意去了男朋友所在的城市。男朋友起先还会亲自做她喜欢的饭菜，后来却每天都只是叫外卖。

她过去整整一星期，他总是坐在电脑前工作，只在每天晚饭后陪她在小区里走走。

有一天小兰终于忍不住说出了心中的想法："我觉得你一点都不爱我，我想要你多一点时间陪我，可你总是有忙不完的事情。"

男友的回复让她甚为心寒："跟你在一起让我觉得好累，

两个人谈恋爱并不需要天天腻在一起，毕竟我是男人，需要时间去挣钱的，两个人只需要每天有一点时间在一起说说话就够了呀。”

可是对于追求浪漫的小兰来说，两个人恋爱，就要相互陪伴，相互关爱，她觉得那样才叫恋爱。

小兰问我：“你说，是不是我真的不够好，是不是我不应该祈求他更多的爱？”

我告诉她：“亲爱的姑娘，不是你不够好，而是只有同频的人才能相爱。你渴望的恋爱是彼此陪伴，他对恋爱的定义是彼此要有个人空间，其实你们都没有错，因为这是每个人相爱方式的选择。”

我给了她建议，如果觉得与他在一起不幸福，那就离开吧，因为人很难为了另一个人放弃他根深蒂固的恋爱模式。

一个月之后，小兰离开了这个不适合她的男友。

一年之后，她遇到了另一个男孩，他喜欢陪伴在她身边，工作之余，两个人会相伴着一起做饭，一起遛狗，一起去爬山，一起去旅行，甚至是睡觉的时候，也要十指相扣。

与同频的恋人在一起，她变得越来越快乐，越来越自信，觉得每一天都充满了新鲜感。

不同频的两个人在一起有多累？

互相都不能懂得彼此，你说的话我听不明白，我的心思你猜不透，然后天天陷入无法沟通的状态，打不破僵局。

你觉得情人节、生日、相爱周年纪念日这些日子都需要给对方礼物，你其实并不在意礼物的贵重与否，你在乎的是感情的仪式感，可是他却觉得每天对你好就行，不需要在特殊的日子表达爱。

你觉得两个人一周工作辛苦，周末可以一起去电影院看一场电影，你其实并不在意电影演了什么，你在乎的是两人并排坐在一起的幸福感，可是他却觉得电影并没有什么好看的，不如在家玩游戏。

你想要让彼此有更多的话可聊，每天下班回来赶紧收拾好，想要有更多彼此交流的时间。你其实并不在意他说了什么，你在乎的是两人可以成为彼此的倾听者，可是他下班回来就说太累了，宁愿刷手机，给主播打赏，也不愿意与你多说说话……

如果你的另一半也是如此，那你真的该反思一下，这个人，是否真的值得你托付终身。

不同频，就趁早离开。

挥别错的人，才能和对的相逢，才能用崭新的状态去遇见真正心灵同频的伴侣。

最好的爱情，是同频共振。

所谓同频共振，是一个人与另一个人兴趣相同、脾气相投、看法相近、目标一致。他们的相遇是基于心与心亲密接触相撞而产生的强烈共鸣。

两个人结合在一起，会好得像一个人。

前两年，朋友圈被一部纪录片《人生果实》刷屏，豆瓣评分高达 9.6 分，这部纪录片记录了建筑师津端修一与妻子津端英子的暮年生活，无数人被津端夫妇的爱情故事所打动。

他们在日本名古屋近郊高藏寺新城区有一幢深居林间的小

木屋与一个别致的小院，津端夫妇相扶相携，不紧不慢地用心生活，一块菜园经营了四十余年，就如同经营他们的爱情，用心用情，细心呵护。

他们有共同的生活目标，即“越来越美丽的人生”。

英子从小就喜欢接触泥土，梦想有一块属于自己的菜地，修一懂得她的热爱，所以费尽心力为她打造了这个院子。

于是，往后的每一天，津端修一与津端英子在这片爱情的“伊甸园”里一起劳作：种树、种花、种蔬菜、做果酒、做果酱、做水果点心、做木质手工品、做布料……他们没有把辛苦的劳作当成一种负担，而是当成一种好玩的事儿。

修一还会在菜园里制造许多乐趣，让英子时时笑靥如花，比如修一会把工具全都涂成黄色，这种颜色醒目，能让人内心明亮，精神振奋。

院子里的木房子也是修一自己设计打造的，木屋有大面积的窗户，打开窗户，就会有随着四季变换的树林景色映入眼帘。

英子在八十几岁的时候还会很甜蜜地表达心中的幸福：“每天都过得跟小阳春一样安稳。”抱怨与批评在他们家是禁忌，他们的家总是被快乐与温馨的氛围包裹着。

摄影师落合由利子曾跟拍过他们的生活，她有一段描述津端夫妇的耐人寻味的话：“修一和英子在家里的生活，你会以为他们好像两条平行线，各做各的事情，但是每隔一段时间，这两条线就会交会在一起……”

这样的交集就是心灵的同频，因着这样的同频，他们一屋，二人，三餐，四季，拥有了一辈子的幸福婚姻。

伴侣，“伴”是一人一半，“侣”是两口为一人，意即两个平等、相互尊敬的人，心灵同频共振，说的话一致，组成了一个整体，就是伴侣了。

由此可见，心灵的共振是爱情的根基，有了这个根基，他们才能筑起坚固的爱巢，成为伴侣。

同频共振的爱人哪怕交流的语言简短，但他们之间会有一种心照不宣的默契，最美的爱情就是空气里的默契与惺惺相惜。

美国小说家詹迪·尼尔森说：“遇见灵魂伴侣的感觉，就好像走进一座你曾经住过的房子里，你认识那些家具，认识墙上的画，架上的书，抽屉里的东西。如果在这个房子你陷入黑暗，你也仍然能够自如地四处行走。”

愿你今生能遇到同频的灵魂伴侣，每天都是风和日丽，空山有人语。哪怕下雨，也会有人为你撑起一把伞，一生将你守护。

图书在版编目（CIP）数据

守住：活出最好的自己 / 李菁著．-- 海口：海南出版社，2020.1

ISBN 978-7-5443-9090-3

Ⅰ．①守… Ⅱ．①李… Ⅲ．①随笔－作品集－中国－当代 Ⅳ．① I267.1

中国版本图书馆 CIP 数据核字 (2019) 第 283726 号

守住：活出最好的自己

SHOUZHU：HUOCHU ZUIHAO DE ZIJI

作　　者：李　菁
监　　制：冉子健
责任编辑：张　雪
特约策划：一亿光年
封面设计：PAGE.11 qq 779513274
责任印制：杨　程
印刷装订：天津联城印刷有限公司
读者服务：武　铠
出版发行：海南出版社
总社地址：海口市金盘开发区建设三横路 2 号 邮编：570216
北京地址：北京市朝阳区黄厂路 3 号院 7 号楼 102 室
电　　话：0898-66830929　010-87336670
电子邮箱：hnbook@263.net
经　　销：全国新华书店经销
出版日期：2020 年 1 月第 1 版　2020 年 1 月第 1 次印刷
开　　本：880mm×1230mm　1/32
印　　张：8
字　　数：170 千
书　　号：ISBN 978-7-5443-9090-3
定　　价：49.90 元